michael klein

nie mehr 2. liga

sie finden uns im internet unter
http://www.bookmark-verlag.de

BOOKMARK

nie mehr 2. liga

nie mehr 2. liga

cover
gertrud bilsing / willi maußen
bilsing & maußen
bonn

cover-illustration
´his last victory´
peter mueser
siegburg

lektorat
horst brandenburger
lenggries

computer-doktor
martin frenken
meckenheim

originalausgabe
veröffentlicht im BOOKMARK verlag
inh. peter mennigen
meckenheim, juni 2003
copyright © 2003 by michael klein

herstellung: books on demand gmbh
D 22 848 norderstedt
internet: www.bod.de
e.mail: info@bod.de

isbn 3-8330-0757-5

vorwort

herzlich willkommen in diesem buch. sie halten ein werk in händen, das - unter anderem - nur realisiert werden konnte durch intensive literarische grundlagenarbeit, wie:

- wochenlanges paddeln kreuz und quer durch den spreewald,
- mehrere fahrradtouren durch die lausitz (inkl. plattfuß kurz vor schlepzig),
- eine nachtwanderung in cottbus (22.4.2003, von 01 bis 04 uhr; war nicht viel los im städtchen, aber man sieht mehr als tagsüber)
- den besuch eines erstligaspiels mit zweitliga-charakter ('energie' – gladbach 1:1), sowie
- einen bunten abend mit der polizei; seit diesem treffen im herbst 2002 in lübbenau ist die liga der 'freiwilligen anti-alkoholiker' um ein mitglied reicher.

jetzt zur geschichte selbst.

alle personen dieses ersten, und auch aller kommenden 'spreewaldkrimis', sind reine kopfgeburten. bezüge zu lebenden menschen wären absoluter zufall; sie sind in keiner weise beabsichtigt und, wenn überhaupt, höchstens durch bösartige unterstellungen möglich.

die rahmenbedingungen, örtlichkeiten und institutionen dagegen entsprechen den tatsächlichen gegebenheiten. es gibt einen spreewald mit wasserschutzpolizei, doch der im folgenden beschriebene fall und die damit verbundenen ermittlungen sind allesamt erfunden, obwohl so eng wie nötig an die tatsächliche polizeiarbeit angelehnt.

des weiteren, - es existiert wirklich eine 'spreewaldklinik' in lübben, allerdings kein doktor zorn, der dort die pathologie leitet und nebenher als gerichtsmediziner fungiert. von besuchen des freundlichen mediziners kann also getrost abstand genommen werden.

'attila honecker' und sein 'blitz-kurier' sind allerdings konstruierte größen. journalisten wie 'attila honecker' mag es geben und auch entsprechende zeitungen, aber nicht als stimme der lausitz. im gegenteil und zum glück. dem entlang der spree führenden blatt, der 'lausitzer rundschau', gilt ein aufrichtiges dankeschön für seine spontane und umfassende unterstützung bei recherchen und detailfragen und das, obwohl die presse, vertreten durch einen fiktiven 'blitz-kurier' in diesem buch, zugegeben, etwas unter die räder kommt. journalismus kann auch verantwortungsvoll und seriös ausgeübt werden, dies beweisen andere blätter und auch die 'rundschau' tag für tag.

das der 1.fc energie cottbus ein veritabler fußballclub ist, mit dem fatalen hang, mögliche siege kurz vor schluß gegen ein unentschieden einzutauschen (hoffentlich ändert sich das in der kommenden saison), bedarf keiner weiteren betrachtung. dagegen handelt es sich bei den dargestellten spielern und vereinsverantwortlichen um reine romanfiguren. der 'richtige' fce wird nicht von einem ehrenkonsul und konservenhersteller geführt, der trainer heißt nicht 'frenken' und in der medizinischen abteilung tummeln sich weder ein masseur namens 'konzack' noch ein doktor 'meier-henneberg'.
da in diesem buch sehr viele vereinsinterna zur sprache kommen, sei an dieser stelle noch einmal nachdrücklich betont, das alle für diesen krimi erdachten vorkommnisse, im club und um den club herum, jeglicher realen grundlage entbehren; nichts von dem, was der roman aufdeckt, hat mit tatsächlichen gegebenheiten bei 'energie' auch nur im entferntesten zu tun.

in diesem zusammenhang geht ein besonderer dank an die 'wirkliche' vereinsführung, die nach kurzer auseinandersetzung mit dem nun vorliegenden stück, ohne zögern und vorbehalte bereit war, die arbeit an diesem buch uneingeschränkt mit namen und tat zu unterstützen.

erwähnenswert dabei ist die allererste kontaktaufnahme zwischen 'energie' und bookmark-verlag. nachdem die idee für diesen krimi und der handlungsablauf standen, kam folgendes telefonat am 22. februar 2003 zustande. hier, im original, die ersten vier sätze dieser historischen unterhaltung zwischen autor (klein) und pressesprecher (ronny gersch).

klein:
„schön guten tag, herr gersch, klein ist mein name. ich möchte ihnen mitteilen, das ich soeben ihren libero umgebracht habe."
gersch (leicht verwundert):
„wie bitte?"
klein:
„nochmal zum mitschreiben: ich habe gerade ihren libero abgemurkst."
gersch (energisch):
„äh, moment, das geht gar nicht. wir spielen mit viererkette."

so begann eine lange, vertrauensvolle zusammenarbeit.

besondere anerkennung gilt weiterhin dem 'heimatverlag' in lübben für die bereitstellung von zeit, hintergrundmaterial, vita-cola und döner, der kahnfährmanngenossenschaft in lübbenau, für ihre aufgeschlossenheit dem projekt gegenüber sowie der aktiven hilfe bei präsentation und werbung.

schlussendlich ein dank an die ´echte´ wasserschutzpolizei in lübbenau und den polizeischutzbereich ober-
spreewald-lausitz in senftenberg, die beide ein wachsa-
mes auge darauf hatten, das kriminaltechnische belange
nicht auf der strecke blieben. die ´offizielle´ lösung des
falles ist allerdings noch immer in arbeit.

namentlich noch einmal anerkennung für nimmermü-
de hilfe:

klaus biesel, peter boenki, horst brandenburger, man-
fred franke, steffen franke, andreas funke, marc geuß,
ronny gersch, andreas heidenreich, thomas klatt, klaus
stein und käpt´n ´kipp nich um´.

lübbenau, april 2003

ps. noch ein wort zu rechtschreibung und zeichenset-
zung. alles in kleinschreibweise, ohne ausnahme, kein
´daß´ mehr mit ´ß´ oder ´ss´; und kein komma mehr vor
´und´. warum auch?
so, jetzt ab in den spreewald.

im ´bunten hecht´

die saison hatte begonnen, für touristen und insekten. mit dem unterschied, das sich die touristen abends in ihre quartiere verzogen, in richtung berlin oder dresden zurückfuhren, das mücken- und bremsenzeug aber blieb.

lukas kieselbach und bert enderlein hatten ihren blau-weißen ´seenotrettungskreuzer´ am steg vor dem ´bunten hecht´ vertäut und bevölkerten die kleine terrasse, die jetzt, knapp nach vier, den heutigen besucheransturm hinter sich hatte. in anderen regionen fand jetzt das große kaffeetrinken statt, im wald begann der lange feierabend. der große fährhafen in lübbenau lag noch ein ordentliches stück flussabwärts und wer mit dem bus zurück nach berlin oder dresden musste, der durfte getrost noch eine gute stunde dazurechnen.

der wahrscheinlich letzte fährmann des tages war mit seinen passagieren hinter der nahen flußbiegung verschwunden und im ´bunten hecht´ kehrt ruhe ein. ´laufkundschaft´ erschien selten, denn das kleine lokal lag an der kreuzug hauptspree und meisterfließ und war nur über wasser zu erreichen. und die wenigen paddler, die abends noch durch den wald streiften, legten hier, so kurz vor den verleihstationen, selten eine pause ein.

die beiden knorrigen eichen, die seit ewigen zeiten das rustikale, schwarze blockhaus aus massiven, schwarzgebeizten fichtenbohlen einrahmten, spendeten wohltuenden schatten und eigentlich war die welt so in ordnung.

„irgendwas besonderes?" fragte vater kieselbach, der inhaber des ´bunten hechts´ und stellte drei alkoholfreie biere auf den klobigen stammtisch, der sich gleich am wasser befand.

„eine handtasche ist baden gegangen," antwortete sein sohn.

„wo?"

„direkt vorm leiper hof.“

„und?“

„einer von den küchenjungs ist rein ins wasser und hat das schmuckstück wieder rausgefischt.“

„viel drin gewesen?“

„das übliche, scheckkarte, schlüssel, lippenstift, kleingeld.“ antwortete kieselbach junior tonlos. die touris versenkten am laufenden meter ihr zeug irgendwo in den schleusen oder an den anlegestellen, kameras, geldbörsen, brieftaschen, uhren, schuhe, ganze rucksäcke und alles, was sich sonst noch so verlieren ließ. die spree musste inzwischen eigentlich voll sein bis obenhin mit derartigen leichtsinnsgaben. falls man den ganzen wald trockenlegte, hatte man gute chancen ein vermögen zu verdienen, wenn man nur die hälfte von dem glaubte, was die geschädigten hinterher zu protokoll gaben. und wehe dem kahnführmann, der keine versicherung hatte, denn als fährmann war man natürlich schuld daran, das dinge einfach über bord gingen. so sahen es die geschädigten und meistens auch die gerichte.

„na ja,“ murmelt kieselbach senior, der selbst oft genug ins wasser gestiegen war, um verlorenes gästeeigentum aus dem trüben wasser vor seinem lokal zu fischen. zum glück waren die spree und ihre weitverzweigten arme selten mehr als hüfttief, aber der grund war an vielen stellen weich und behielt vieles von dem, was er einmal hatte.

„und am rohrkanal hat´s ordentlich pappelbruch gegeben. mindestens zwanzig bäume haben sich nach hinten verabschiedet letzte nacht. sieht gewaltig aus.“

„blödes zeug, diese pappeln,“ erklärte der wirt. er wusste nur zu gut, wie pappelbruch aussah. die bäume mit ihren flachen wurzeln wurden vom wasser langsam aber stetig unterspült und schlugen dann, irgendwann, mit dem ersten richtigen windstoß komplett um. wie eine übermannshohe mauer ragten wurzelwerk und erdplatten dann in den himmel. in den sechziger jahren hatte man von staatlicher seite abertausende dieser pappeln gepflanzt, als bretterplantagen, die dann aber doch nie richtig genutzt wurden. und jetzt kippten die schnell wachsenden baumriesen mit schöner regelmäßigkeit ins wasser und blockierten die fließe.

„eine ente wurde erschlagen." erklärte enderlein ohne eine miene zu verziehen.

„würd ich der zeitung melden," antwortete der alte kieselbach. sensationen waren im spreewald dünn gesät und die meisten musste man sich selbst backen.

direkt zu ihren füßen, am steg, begann das funkgerät auf der ´3-meter-titanic´ zu knattern. lukas kieselbach blickte enderlein an, enderlein blickte stur zurück. „du bist der chef," murmelte er.

der angesprochene erhob sich von seinem stuhl, stakste die beiden schritte hin zum boot und griff das mikro. „hallo, hier ´biber 1´ an ´biber 20´, bitte kommen," plärrte der wasserdichte lautsprecher mit einem klirrfaktor bis cottbus.

„hier ´biber 20´," rief kieselbach wie immer lauter als nötig; diese technik brachte jeden zum schreien. es rauschte beachtlich in der anlage und irgendjemand begann unklar, aufgeregt und ziemlich ausführlich zu reden.

„hochwald," wiederholte kieselbach nach mehr als einer minute des zuhörens, „richtung klinik. oh je. verstanden. wir sind unterwegs.ende."

„was passiert?" erkundigte sich vater kieselbach.

„wahrscheinlich," knurrte enderlein, nahm einen letzten, bleifreien schluck aus der flasche und sprang hinter seinem dienststellenleiter an bord.

mit wenigen handgriffen hatten sie die 9,9 ps-yamaha-maschine gestartet und glitten geräuschvoll, aber noch gedrosselt auf den fluß. für touristen war diese nußschale eine absolute attraktion, ständig gefilmt und fotographiert, wenn sie im schneckentempo über das wasser glitt. und in zwei filmen hatte das bötchen auch schon mitgespielt. doch wenn es sein mußte, dann brachte es die ´titanic´, die offiziell ´biber 20´ hieß, auf fast 40 km/h.

kieselbach legte vorsichtshalber seine dienstmütze ab, bevor er voll aufdrehte. motorboote für den privaten gebrauch waren im gesamten spreewald verboten; nur die forstleute und anrainer durften kleine außenborder benutzen, doch für sie galt eine höchstgeschwindigkeit von maximal 5 km/h. für mehr gab´s knöllchen.

„und?" erkundigte sich enderlein.

„männliche leiche im wasser, im hochwald, nähe sportklinik."

„oh," machte der zweite mann und legte sich samt boot und chef in die kurve. der motor lief im höchsten drehzahlbereich und kieselbach musste die nächsten sätze brüllen.

„und es kommt noch dicker," fast mit vollgas schossen sie in den nicht sonderlich breiten lehder graben hinein. für den fall, das ihnen jetzt ein verspäteter tourikahn entgegenkam, konnte es ziemlich eng werden. „wenn kein irrtum vorliegt, dann ist der tote wahrscheinlich torsten grabow."

„torsten grabow?" café venedig flog an ihnen vorbei und enderlein pfiff durch die zähne, während sein vorgesetzter vom gas ging. ungebremst durch das lehder labyrinth war ein ding der unmöglichkeit, auch für die polizei mit blaulicht und sirene.

bert enderlein machte sich nicht viel aus sport, aus fußball schon gar nichts, doch trosten grabow war auch für ihn ein begriff, denn torsten grabow war in dieser gegend mindestens so bekannt wie coca cola.

14

am tatort

sie hatten ein paar dutzend stockentenpaare in die wälder gejagt, einen reiher in die flucht getrieben und eine handvoll freizeitpaddler in die seichten uferregionen gedrückt, bevor sie den entlegenen tatort am nordrand des spreewaldes erreichten. er war auch vom wasser aus nicht zu verfehlen, denn da, wo die leiche lag, fand bereits der große auftrieb statt.

„schöne scheiße," knurrte enderlein, sprang an land und holte sich natürlich prompt nasse füße. er sicherte die leicht auf grund liegende 'titanic' an einer dünne buche und kieselbach meldete der zentrale, das sie sich vor ort befanden.

„na dann, viel spaß," kam aus dem famosen lautsprecher zurück.

mountainbiker in dünner kluft standen am uferrand neben verschwitzten männern mit kurzärmeligen hemden und frauen in luftigen kleidern. der sommer stand vor der tür und die fußballsaison neigte sich überall ihrem ende entgegen; nur für den durchtrainierten, jungen mann, der hier halb im ufermorats, halb auf der böschung lag, war sie schon jetzt definitiv vorbei.

es gab keinen zweifel, bei dem toten handelte es sich eindeutig um torsten grabow, mit seinen knapp einundzwanzig jahren, der beste und wichtigste mann bei 'energie'. zu oft hatte kieselbach sein gesicht in den zeitungen und im fernsehen gesehen, um sich zu irren. und vor knapp drei wochen war er zu einer autogrammstunde bei 'sport mölder', gleich neben der wache in lübbenau, aufgekreuzt, in seinem knallroten porsche. und natürlich hatte er den 'hobel' mitten im parkverbot abgestellt, so wie es sich für einen richtigen star gehört. die diskussion anschließend auf dem revier, hatte mit einem saftigen bußgeld und einer beamtenbeleidigung geendet. letzteres hatte sich jetzt wohl erledigt.

die leiche steckte in einer dunkelroten, kurzen trainingshose, auf der eine deutliche weiße ´5´ prangte und einem langärmeligen mannschaftstrikot; doch da, wo sonst das vereinswappen war, befand sich jetzt ein häßliches, blutiges loch.

„blattschuß," erklärte doktor zorn in seiner gewohnt trockenen art. schon seit jahren griff man im spreewald, in ermangelung einer ordentlichen gerichtsmedizin, auf den kleingewachsenen, freundlichen pathologen aus der spreewaldklinik in lübben zurück. von da bis zum tatort war es nur ein katzensprung.

„aus allernächster nähe. man kann die schmauchspuren um die wunde herum mit bloßem auge erkennen. entweder wollte der mörder ganz sicher gehen, oder es war selbstmord," erklärte der arzt.

„habt ihr denn die waffe?" fragte kieselbach.

„fehlanzeige," antwortete papendorf, sein kollege aus lübben, der mit insgesamt vier männern am tatort erschienen war.

„und wer hat die leiche gefunden?"

„ein radfahrer aus straupitz. war ein ziemlicher schock für den alten herrn. wir haben ihn vorsorglich ins krankenhaus gebracht."

„sonst schon irgendwas entdeckt?" erkundigte sich enderlein.

der dienststellenleiter aus lübben schüttelte den kopf. „absolut nichts, soweit man es mit bloßen augen beurteilen kann, auch keine pistole."

„und unwahrscheinlich, das er die waffe nach dem einschuß noch irgendwie ins wasser oder den wald befördert hat," murmelte enderlein.

16

„mit der wunde in der tat höchst unwahrscheinlich," konzidierte der mediziner. „der mann war auf der stelle tot."

„wir haben uns erlaubt, schon einmal ein paar dinge zu erledigen, bevor hier alles den bach runtergeht," erklärte papendorf. „bis steiner und seine spurensicherung aus senftenberg eingetrudelt sind, wird's wohl noch ein weilchen dauern."

„mit sicherheit." kieselbach nickte zustimmend. als natur- und kulturlandschaft war der spreewald übersichtlich, als verwaltungseinheit war er eine einzige, dreigeteilte katastrophe.

„ansonsten denke ich, wollt ihr die leiche haben, oder? liegt ja tief genug im wasser."

was papendorf sagte, stimmte. mit der kompletten linken körperhälfte lag der ehemalige libero von ´energie´ im wasser, und alles, was im wasser lag, gehörte der wasserschutzpolizei. das war auch das einzig klare an den zuständigkeiten im ganzen spreekreis. je nachdem, wo hier etwas geschah, waren entweder senftenberg, königswusterhausen oder cottbus zuständig. ein heilloser zirkus, den sie sich nach der wende eingehandelt hatten, weil gierige kommunalpolitiker, bis berlin hinüber, sich ihren teil am spreewald sichern wollten und die spreewälder sich untereinander auch nicht grün waren. keiner hatte dem anderen den sitz der kreishauptstadt gegönnt, die lübbener nicht den lübbenauern, und die calauer nicht den luckauern und umgekehrt. also war der spreewald unter den hammer gekommen und an drei auswärtige interessenten gegangen, mit allen üblichen nachteilen. würde der spreewald reden können, spräche er drei sprachen.

das flußufer, da wo die leiche lag, war von papendorfs männern großräumig abgesperrt worden und bisher hatte noch keine gaffer gewagt, das rot-weiße baustellenband mit dem aufdruck ´polizei´ zu ignorieren. aber auch das war nur eine frage von zeit und masse. anscheinend hatte sich die nachricht vom fund der prominenten leiche wie ein lauffeuer in der ganzen gegend verbreitet. immer mehr schaulustige drängten sich oben auf dem leicht erhöhten spazierweg und versuchten einen blick auf den toten fußballstar zu erhaschen. kameras wurden gezückt und kieselbach entdeckte zwei videofreaks, die hoch in einer eiche hingen, um eine möglichst günstige schußposition zu kommen. bevor die sache eskalieren konnte, deckten die kollegen aus lübben die leiche mit einer grauen polizeidecke zu und erweiterten die absperrung erheblich.

es dauerte fast eine stunde, bis die spurensicherung sich vollzählig vor ort befand. zwei beamte waren aus senftenberg herübergekommen, steiner, ihren chef, der in lehde wohnte, hatten sie von seinen meerrettichfeldern geholt und mit ´biber 18´ an den tatort transportiert. jetzt setzten seine leute ihre abstandsmarkierungen um die leiche, schossen photos und drehte jeden halm in der nähe des tatortes von rechts auf links.

„alles schon völlig zertrampelt," knurrte steiner, während er den mit waldmeister bestandenen uferrand inspizierte. „wenn es überhaupt irgendwelche spuren gab, dann sind die längst im eimer. immer das gleiche theater." etwas weiter flussaufwärts hatte er eine fuchsfährte entdeckt, eine wildschweinsuhle im halbtrockenen uferschlamm und eine ringelnatter, die sich nach ihrer entdeckung sofort tot stellte.

„die kugel ist glatt durch den jungen durch, vorne rein und hinten wieder raus," dozierte doktor zorn und beugte sich zum wiederholten mal über die leiche. „hat praktisch das ganze herz und einen beachtlichen teil der lunge mitgenommen."

bevor es die männer von der spurensuche verhindern konnten, hatte der mediziner die leiche auf den bauch gerollt und betrachtete den durchschuß zum ersten mal von der rückwärtigen seite.

„muß ein echter elefantentöter gewesen sein," stellte er beinahe anerkennend fest. „mit dem kaliber könnte man wahrscheinlich auch einen panzer knacken." kopfschüttelnd legte er die leiche des toten liberos wieder in ihre ausgangsposition.

„jedenfalls mußte der junge nicht lange leiden," fügte er beruhigend hinzu. „ist ja auch schon mal was in der heutigen zeit, oder?"

mit erstaunlicher beweglichkeit erhob sich der alte herr und klopfte grashalme und uferschlamm von seiner waschmaschinenreifen cordhose.

„ihr bringt mir den jungen dann vorbei, wenn ihr hier mit ihm fertig seid, ja?"

die beamten nickten. jeder von ihnen hatte schon leichen gesehen, scheußlich zugerichtete, verstümmelte, halb verweste körper und wasserleichen und mehr als einmal hatte sich einer von ihnen übergeben müssen. nur der alte, weißhaarige mediziner schien von all dem stets völlig unberührt. er schaute sich seine kundschaft an, wie ein personalchef seine bewerber, gab nicht mehr als das nötigste von sich und ging anschließend unauffällig seiner wege. lukas kieselbach wußte nicht, ob er den mann dafür bewundern oder bedauern sollte.

zehn minuten später erschienen die herren mit dem zinksarg, packten den erschossenen professionell und emotionslos ein und begannen die silberig glänzende wanne vorsichtig die uferböschung hinaufzutragen, denn der untergrund war inzwischen durch das endlose hin- und hergelaufe der beamten noch glitschiger geworden.

die arbeit am tatort war für kieselbach vorläufig getan, für die spurensicherung begann die zweite etappe. sie durften das projektil suchen, das durch den körper des fußballers geschlagen war und irgendwo in der tiefe des waldes in einem baum, irgendwo im boden oder im flußschlamm stecken musste, ein job, der sich über stunden, manchmal sogar tage hinziehen konnte, wenn man pech hatte.

die presse

„was hat grabow hier oben im hochwald gemacht?" fragte enderlein, und warf einen unfreundlichen blick auf die gaffer, die nicht daran dachten, sich zu zerstreuen.

„keine ahnung," antwortete kieselbach und zuckte mit den schultern. „aber dem outfit nach zu urteilen, wird er trainiert haben."

„wahrscheinlich." bert enderlein nickte zustimmend. „aber warum rennt einer, der in cottbus fußball spielt, hier, knapp vierzig kilometer entfernt, durch den wald? in cottbus wird man doch auch trainieren können, oder?"

„gute frage," erklärte sein vorgesetzter. „vielleicht wollte er mal eine andere strecke laufen und nicht immer die gleiche."

„oder der mörder hat sich hier mit ihm verabredet."

„und das opfer erscheint im sportdress und lässt sich aus allernächster nähe ohne jeden widerstand über den haufen schießen; kann ich mir nicht vorstellen," antwortete kieselbach.

„vielleicht kannte er seinen mörder und hätte ihm so was nicht zugetraut."

„möglich," antwortete kieselbach und blickte vom wald aus in die angrenzende, offene feldlandschaft. „aber vielleicht ist er ja von der sportklinik aus gestartet. die kann nicht weit entfernt sein. und wenn mich nicht alles täuscht, dann ist der chef der klinik auch gleichzeitig der medizinmann von ´energie´."

„stimmt, meier-sowieso," ergänzte enderlein, der in sport nicht sonderlich bewandert war. „muß eine ziemliche koryphäe auf seinem gebiet sein."

„meier-henneberg," antwortete der hauptkommissar und nickte. „soll angeblich wunder wirken können. im letzten winter hat er irgendeinen österreicher am knie operiert und vier wochen später ist der typ dann abfahrtsweltmeister geworden."

„ob grabow gesundheitliche probleme hatte?" fragte enderlein.

„und rennt dann kilometerweit durch die pampa?"

„kann ja auch bloß ein routinecheck gewesen sein."

„möglich," antwortete der hauptkommissar.

„hey kieselbach," brüllte plötzlich eine ordinäre stimme von der böschung zu ihnen hinunter, „könnt ihr die leiche vielleicht noch mal auspacken?"

enderlein und kieselbach schreckten aus ihren wenig ergiebigen betrachtungen auf. das hatte ihnen jetzt noch gefehlt, attila honecker, die schreibende katastrophe, live und in farbe. der mann arbeitete als festangestellter redakteur beim ´blitz-kurier´, dem auflagestärksten revolverblatt in ganz brandenburg und war ungefähr das gröbste und schlimmste, was sich kieselbach an journalist vorstellen konnte.

aus einem allerweltsunfall mit leichtem blechschaden machte attila honecker mühelos ein flammendes inferno mit weltuntergangscharakter und einen kleinen, ungeschickten taschendieb, der in irgendeinem einkaufscenter wegen dämlichkeit auf frischer tat geschnappt wurde, verwandelte er innerhalb weniger zeilen in godzilla, frankenstein oder jack the ripper . nichts war ihm heilig und niemand war vor ihm sicher. obendrein war diese witzfigur übergewichtig, fast kahlköpfig und müffelte stets wie eine fünf mal getragene socke. und, quasi als krönung, residierte auf seiner massiven knollennase eine uralte, heißkleber-reparierte hornbrille mit zwei geschliffenen glasbausteinen.

aufgrund seiner eigenwilligen art und weise, dinge zu papier zu bringen, hatte er sich im laufe der jahre stapelweise anzeigen wegen beleidigung, übler nachrede und verleumdung eingehandelt, doch bis jetzt war er stets ungeschoren davon gekommen; und sein arbeitgeber, der ´blitz-kurier´, tat wenig, um dieses monster zu bremsen, im gegenteil, die chefetage liebte honecker heiß und innig, denn seine artikel bürgten für auflage. und wenn der tag kommen sollte, wo honecker den bogen zu sehr überspannte, hatte der chefredakteur den polizisten kieselbach, während eines treffens bei der staatsanwaltschaft, informell wissen lassen, dann konnte man sich immer noch problemlos von honecker distanzieren oder trennen; aber bis jetzt war dieser tag noch nicht gekommen.

„wieder mal auf unseren frequenzen getummelt, was?" erkundigte sich enderlein trocken.

der reporter grinste den polizisten schräg an. „jeder muß sehen, wo er bleibt."

„du wärst besser zu hause geblieben," knurrte kieselbach.

„das ganze dauert höchstens zehn sekunden," antwortete der dicke und griff geschäftig zu seiner kamera, die auf seinem kugelbauch prangte.

„die kiste bleibt zu," erklärte der kommissar kategorisch.

„die öffentlichkeit hat ein recht darauf ....," protestierte der reporter.

„die leiche auch," knurrte kieselbach und schnitt dem dicken kurzerhand das wort ab. die männer mit dem zinksarg, die gerade die böschung erklommen hatten, nickten beinahe gelangweilt und setzten im gleichschritt ihren weg fort.

„nur eine kleine aufnahme," bettelte das monster. „deckel auf, photo, deckel zu."

„nix da," rief kieselbach, auf die gefahr hin, das die polizei morgen wieder eine verdammt schlechte presse bekommen würde.

„sehr kooperativ, meine herren, so wie man sie kennt und liebt," spottete der zeitungsmann und zeigte ihnen die rechte faust mit erhobenem daumen. „mit euch als informanten könnte jede zeitung sofort konkurs anmelden."

„wäre in einigen fällen gar keine so schlechte idee," konterte enderlein.

im schlepptau des reporters waren am tatort zwei sehr unterschiedlich gekleidete herren erschienen, die jetzt in den vordergrund traten. der eine trug einen maßgeschneiderten, dunkelblauen zweireiher mit weste und passenden lackschuhen, der andere ausgebeulte jeans, turnschuhe und eine verwaschene, graue windjacke, die ihm mindestens eine nummer zu groß war. der elegante mochte gut zehn jahre älter sein als sein begleiter, der mit unruhigen blicken den tatort musterte.

„die herren dürften ihnen bekannt sein," erklärte der journalist ohne jeden respekt, „konsul ackermann, von ´ackermann konserven´, der chef von ´energie´ und ewald frenken, der trainer von torsten. können die beiden ihren schützling wenigstens noch mal sehen?"

„vergiß es," murmelte der hauptkommissar und schüttelte den kopf.

die beiden herren, deren gesichter kieselbach als noch aktiver fußballer jetzt erkannte, murmelten ´angenehm´, aber klingen tat es ganz anders.

„wer hat torsten gefunden?" fragte der vereinsvorsitzende beinahe geschäftsmäßig. er war groß und hager und schätzungsweise mitte sechzig.

„ein radfahrer," antwortete der kommissar. „war ein ziemlicher schock für den alten herrn."

„habt ihr namen und adresse?" attila honecker war im schatten der ´energie´-gewaltigen zurückgekehrt und hielt kieselbach eine kleines diktiergerät unter die nase.

„es wäre verdammt schön, wenn sie uns in ruhe unsere arbeit machen ließen," knurrte kieselbach unfreundlich.

„ihr macht eure arbeit und ich mache meine," erklärte der redakteur jovial und startete das band.

„sie verziehen sich jetzt augenblicklich hinter die absperrung und zwar zügig," erklärte enderlein energisch und griff nach dem handtellergroßen gerät.

„heute mit dem linken bein aufgestanden, herr kommissar?" fragte das monster und schaltete widerstrebend den rückwärtsgang ein. das band lief weiter.

ewald frenken fuhr sich mit beiden händen durch sein dichtes, leicht angegrautes haar. „zu blöd, das ich den jungs heute trainingsfrei gegeben hab. aber nach dem spiel gestern abend war das einfach fällig."

wahrscheinlich, dachte kieselbach. der ´blitz-kurier´ berichtete heute in großer aufmachung davon, wie die bielefelder arminia, der heißeste mitkonkurrent um den dritten aufstiegsplatz, von ´energie´ glatt mit 4:1 abgefertigt worden war, und das auch noch in bielefeld auf der alm. und wenn man den darstellungen des blattes glauben konnte, dann mußte torsten grabow einmal mehr der beste mann auf dem feld gewesen sein. er hatte die cottbusser abwehr über neunzig minuten einwandfrei organisiert und obendrein noch zwei sensationelle kopfballtore erzielt; und das in einem solchen spiel.

„quatsch," antwortete der konsul, „als ob der freie tag irgendwas mit diesem mord zu tun hätte. der killer hätte den jungen auch an einem anderen tag erwischt. es war doch mord, oder? ihre kollegen haben das zumindest so angedeutet." fragend blickte der unternehmer die polizisten an.

„nicht auszuschließen," antwortete bert enderlein. „grabow hat auf jeden fall ein massives loch in der brust. eine ziemlich ungewöhnliche stelle für einen selbstmord. außerdem fehlt die waffe. aber genaues wird uns wahrscheinlich erst die obduktion sagen."

„oh mein gott," stöhnte der konsul und dann sah kieselbach, das der elegant gekleidete großindustrielle tatsächlich tränen in den augen hatte.

„gibt es schon irgendwelche hinweise auf den täter?" fragte der trainer tonlos und blickte gequält in den wald. ohne seinen besten spieler würden die chancen auf den angepeilten wiederaufstieg wahrscheinlich deutlich schlechter stehen. und vom wiederaufstieg in die erste liga träumte seit drei jahren die ganze region.

„schön wär's," antwortete kieselbach hilflos. „aber wir werden alles tun, um so schnell wie möglich den oder die täter zu finden."

„so etwas kann doch nur ein irrer gemacht haben. ein normaler mensch schießt doch nicht einfach einen anderen über den haufen und läßt ihn dann liegen. wir sind doch nicht mehr im wilden westen." konsul ackermann rang mühsam um fassung.

„in berlin haben sie vor zwei monaten einen taxifahrer für weniger als 20 euro umgebracht," entgegnete enderlein.

„wir sind nicht in berlin und torsten war kein taxifahrer," schnarrte der industrielle, dessen firma bundesweit konserven und frischgemüse vertrieb. „der junge war das größte talent, das je für ´energie´ gespielt hat.“

„irgendeine eine idee, wer eventuell ein interesse daran gehabt haben könnte, torsten grabow aus dem weg zu räumen?“ erkundigte sich der kommissar. „hatte der junge streit oder probleme oder irgendwelche feinde?“

der vereinsboss blickte die beiden polizisten mißbilligend an. mit seinem dichten, schlohweißen haar ähnelte er mehr einem verkappten musiker oder dirigenten als dem boss eines bundesligaclubs.

„der junge war fußballer, ein gottbegnadeter fußballer. und jemand, der so fußball spielen konnte, der hatte keine feinde, nur freunde. das muß ein irrer gewesen sein, ein absolut irrer.“

„wissen sie etwas über sein privatleben?“

„natürlich,“ antwortete der ehrenkonsul energisch und wischte sich endlich die tränen aus dem gesicht. „wir haben ihn vor fünf jahren aus der kreisklasse zu ´energie´ geholt und die trainer und ich haben ihn ganz langsam, aber konsequent aufgebaut. im prinzip war er für mich so etwas wie ein sohn; und wenn er probleme hatte, dann kam er damit zuerst zu mir.“

„sie haben gerade gesagt, torsten grabow hatte keine probleme.“

„na ja, richtige probleme waren es ja auch nicht,“ entgegnete der unternehmer und winkte ab, „eher problemchen. welchen wagen soll ich fahren? wohin fliege ich im urlaub? lohnt sich eine lebensversicherung für mich? und ähnlicher schnickschnack. der junge hat ja noch keine ahnung vom leben. was er konnte, war fußballspielen, um alles andere hat sich der verein mehr oder weniger gekümmert.“

„lebensversicherung?“ hakte kieselbach nach. „grabow hatte eine lebensversicherung?“

„selbstverständlich. ich denke jeder hat eine lebensversicherung." dann schaltete der vereinsboss. „glauben sie etwa, das torsten wegen einer blödsinnigen lebensversicherung erschossen wurde?"

„menschen werden aus wesentlich nichtigeren beweggründen umgebracht," erklärte enderlein trocken, „zum beispiel wegen einer blöden fernbedienung."

der konsul nickte; der fall war allen noch in frischer erinnerung. irgendwo im badischen hatte ein vater seinen fünfzehnjährigen sohn im streit um das fernsehprogramm und die fernbedienung mit einem gusseisernen kerzenständer erschlagen. anschließend hatte er die leiche zerlegt, säuberlich in müllsäcke verpackt und in einem baggersee versenkt. und nur, weil er sich von seinem kerzenständer nicht trennen wollte, konnte man dem vater wenig später die tat nachweisen.

„sie wissen nicht zufällig, auf welchen betrag sich die abschlußsumme beläuft und wer den nutzen aus der versicherung zieht?"

„keine ahnung," sagte der vereinsboss. „aber müther wird ihnen sicher auskunft geben können."

„müther?"

„franz-josef müther, spielervermittler," antwortete der industrielle mit hörbarer geringschätzung. „er war der manager von torsten. wundert mich eigentlich, das dieser geier noch nicht hier aufgekreuzt ist; muß doch sonst überall der erste sein."

„könnte ich die vier herren zu einem photo am tatort haben?" rief ihnen attila honecker von der uferböschung aus zu. lächelnd watschelte er auf die gruppe zu und begann mit seinem photoapparat zu hantieren.

„ohne uns," erklärte kieselbach. enderlein und er zogen sich in richtung boot zurück, während die beiden vereinsoberen mehr automatisch als willig an ort und stelle posierten. betroffen blickten sie in die kamera.

„etwas mehr nach rechts, und dann noch etwas näher zusammen." blitzlichter zuckten und attila honecker dirigierte. „und jetzt stützen sie mal ihren chef," wies er den trainer an. „so ist gut, das wird ein photo," triumphierte er, als er diesen schnappschuß im kasten hatte. „das war's."

die männer nickten und lösten ihre pose auf. sie wußten anscheinend, was sie der presse schuldig waren.

„wir bleiben in verbindung," rief der redakteur seinen opfern zu. so schnell es ihm seine körperfülle und die kurzen, krummen beine erlaubten, stampfte er zurück zur straße und stieg in seinen steinalten vw-kübel, der eher in die schrottpresse gehörte als auf eine öffentliche straße.

„eine frage noch, meine herren, bevor sie gehen. hat torsten grabow angehörige?"

der vereinsvorsitzende nickte. „seine eltern leben in der nähe von rostock. die genaue adresse kann ihnen meine sekretärin geben."

„gibt es eine frau oder freundin?" erkundigte sich kieselbach, der sich nicht vorstellen konnte, das ein solcher modellathlet ein eremitendasein geführt hatte.

„zwei, wenn sie es genau wissen wollen," antwortete der trainer lakonisch. „der junge hatte schwierigkeiten, sich zu entscheiden. wo die damen wohnen, kann ich ihnen nicht sagen. fragen sie müther, der müßte im bilde sein."

„und wo kann man diesen herrn müther finden?"

„direkt vor ihrer haustür, herr kommissar, in burg," antwortete der konsul, „ er hat sich da ein nettes anwesen zugelegt, mit dem geld anderer; eine spezialität dieses herren."

direkt vor der haustür war zwar übertrieben, aber müther, als spielervermittler, hätte ja auch in münchen, amsterdam oder barcelona residieren können. schade eigentlich, das nicht, dachte kieselbach.

der große meister

zu fuß legten die beiden beamten den weg zur sportklinik zurück. sie folgten für ein kurzes stück dem verlauf
des nordumfluters und marschierten dann auf dem alten
plattenweg, den man zu ddr-zeiten durch das ehemalige
feuchtgebiet gelegt hatte, querab auf die klinik zu. laufend oder mit traktor waren diese betonpisten halbwegs
erträglich, für radfahrer und damals im trabbi waren sie
eine glatte zumutung. es hieß, wer einen schwanger-
schaftsabbruch herbeiführen wollte, der brauchte keinen
arzt, sondern höchstens fünf kilometer platte.

die endlosen felder links und rechts des weges, erb-
stücke der alten kollektivwirtschaft, waren ordentlich
bestellt und die gerste stand bereits drei handbreit hoch
über dem boden. zwei altstörche staksten in einiger entfernung am waldrand entlang und suchten sich ihr abend-
essen. im spreewald war für die seltsamen spaziergänger
und ihre fliegenden kollegen der tisch noch überall reichlich gedeckt.

von weitem wurde die klinik durch eine breite pappel-
und erlenallee halbwegs verdeckt, doch je mehr man sich
dem gebäudekomplex näherte und von ihm zu gesicht
bekam, um so deutlicher wurde der eindruck, als sei hier,
am rande des hochwaldes, knapp nach der wende, ein ufo
gelandet. kerzengerade, zum teil überstehende träger aus
hochglänzendem chrom und aluminium, gigantische,
spiegelnde glasflächen und ein solider betonsockel, der
wahrscheinlich anmutig wirken sollte, passten in diese
gegend wie blasmusik zu einer techno-fete. aber mit entsprechend viel bargeld, der aussicht auf steuereinnahmen
und einige dauerhafte arbeitsplätze zwingt man jedes
bauamt und jedes stadtparlament in die knie. der osten
hatte knapp vierzig jahre mit seinen vielfältigen grautö-

nen geglänzt, der westen glänzte seit einem jahrzehnt mit wahnsinn.

die polizisten präsentierten am monströsen empfang ihre schlichten hundemarken und verlangten höflich den chef zu sprechen.

das blonde mannequin, in züchtiger weißer tracht, hinter der stahl- und marmortheke warf einen kurzen blick auf den schräg vor ihr stehenden flachbildschirm und schüttelte bedauernd den kopf.

„herr doktor meier-henneberg operiert seit heute morgen und ich kann ihnen nicht sagen, wann er seine arbeit beenden wird. manchmal dauert´s bis in die nacht.“

„verstehe,“ antwortete lukas kieselbach, „aber vielleicht können sie uns weiterhelfen.“

„wenn sie mir sagen, worum es geht,“ antwortete die junge dame.

„erste frage,“ begann bert enderlein. „wann haben sie heute ihren dienst begonnen?“

„um genau acht uhr,“ kam es prompt zurück.

„hier am empfang?“

das mannequin nickte.

„und von hier aus sieht man quasi jeden, der die klinik betritt?“

„fast,“ entgegnete die angestellte. „nur nicht die patienten, die durch die notfallaufnahme angeliefert werden und die mitarbeiter, die durch den personaleingang kommen. und natürlich können sie auch durch den park in die klinik.“

„war torsten grabow zufällig heute morgen hier?“

„der fußballer?“ fragte die junge frau.

„genau der.“

ohne zu überlegen schüttelte das mädchen den kopf. „durchs foyer ist er auf jeden fall nicht gekommen.“

„wenn, dann wäre ihnen das aufgefallen?“

„sicher. mit seinen fast zwei metern und seiner lustigen art ist herr grabow kaum zu übersehen."

´only the good die young´, ging es kieslbach durch den kopf und er seufzte. wer zum teufel war auf die wahnsinnige idee gekommen, diesen burschen über den haufen zu schießen? und warum?

„kam torsten grabow oft hierher?" erkundigte sich enderlein.

„ein- oder zweimal die woche bestimmt, aber genaueres wird ihnen der chef sagen können, alles kriegt man hier am empfang auch nicht mit; und herr grabow benutzt oft den parkeingang," antwortete die dame. ihr blick wurde misstrauisch. „warum fragen sie das? ist irgendwas mit torsten grabow?"

kieselbach nickte. „er wurde heute morgen erschossen, knapp anderthalb kilometer entfernt von hier."

die junge frau hinter der rezeption schluckte. „erschossen?"

„erschossen," antwortete enderlein tonlos. „aus allernächster nähe."

„warten sie bitte," antwortete die angestellte; ihr gesicht hatte alle farbe verloren und sie war sichtlich um fassung bemüht. „ich werde versuchen den doktor zu erreichen."

das chefbüro machte einiges her. zwei deckenhohe, mehrere meter breite bücherregale, restlos gefüllt, dominierten die seitenwände und eine massive sitzgruppe, bestehend aus einem rostbraunen chesterfieldsofa und vier dazugehörigen sesseln, gaben dem raum einen hauch von ganz großer welt. der schreibtisch, ein ungetüm aus edelholz und stahl, stand quer in dieser designerlandschaft und gestattete vom sitzplatz aus einen ungestörten blick durch die riesige fensterfront hinaus auf einen kleinen, aber feinen park, der sich an die klinik anschloß.

31

enderlein und kieselbach hatten ihren ersten run-
dumblick gerade beendet, als der herrscher über alles sein
reich betrat, eine schlanke, mittelgroße erscheinung in
grünem operationskittel, mit frischen blutflecken, haube
und herabhängendem mundschutz. die rechte hand war
frei, die linke steckte noch in einem blaßweißen operati-
onshandschuh.

„sagen sie mir, das das nicht wahr ist, meine herren,"
rief der mediziner. sein gesicht war kreidebleich. „torsten
grabow war heute morgen noch hier bei mir, total aufge-
kratzt; kein wunder nach dem spiel gestern. wir haben
zusammen rumgealbert und von der ersten liga gespon-
nen. ich bin dann ab in den op und er ist trainieren gegangen. der junge kann doch jetzt nicht einfach tot sein."

„leider doch," murmelte der kommissar.

der arzt ließ sich kraftlos in seinen chefsessel fallen,
schüttelte den kopf und für einen moment sah es so aus,
als würden auch bei ihm die tränen fließen. doch dann
ging ein ruck durch den chirurgen, er straffte sich, nahm
die lächerliche kappe vom kopf und fixierte die beiden
kriminalisten mit großen, wachen augen.

„wie ich höre, ist torsten erschossen worden."

„glatter durchschuß aus allernächster nähe."

„und nicht weit von hier, oder?"

„knapp zehn minuten zu fuß," antwortete enderlein.

„irgendwelche hinweise auf den täter?"

kieselbach schüttelte den kopf. „im moment noch
nichts; täter achten in der regel darauf, so wenige spuren
wie möglich zu hinterlassen."

„sie glauben also an eine geplante aktion?"

der kommissar zuckte mit den schultern. „im moment
glauben wir noch gar nichts."

„verstehe," sagte der mediziner und ordnete sein recht
langes, dunkeles haar. „wer führt die obduktion durch?"

„doktor zorn in lübben."

„ein kompetenter und freundlicher kollege," sagte die koryphäe. „falls ich ihnen trotzdem irgendwie helfen kann?"

„sie könnten uns erzählen, was torsten grabow heute morgen bei ihnen wollte."

„reine routine," gab der arzt zurück. „der junge hatte leichte leistenprobleme nach dem match gestern abend. absolut nichts ernsthaftes; sein besuch hatte mehr prophylaktischen charakter; er wollte sich locker laufen und sehen, was die leiste danach sagt."

„er sollte also nach dem lauf hier untersucht werden?" der mediziner nickte.

„durch sie?" erkundigte sich enderlein.

„einer meiner assistenten sollte sich um ihn kümmern. mir waren die hände gebunden; sechs operationen mit zum teil nicht ganz eindeutigen diagnosen. da weiß man nie, wann man aus dem op kommt."

„war grabow heute morgen irgendwie anders als sonst?"

der klinikchef machte eine vage handbewegung und zuckte dann mit den schultern. „nö, der junge war wie immer, voller tatendrang und optimistisch. das bielefeldspiel hatte ihm noch einmal enormen auftrieb gegeben. er schwebte etwas über den dingen, aber wer kann ihm das verdenken, nach einer solchen leistung?"

„waren sie mit in bielefeld?"

„ich bin bei jedem spiel dabei, wenn es nur irgendwie machbar ist."

„gibt es irgendetwas, das sie uns mitteilen könnten, irgendetwas, das uns auf eine spur bringen könnte?" erkundigte sich kieselbach.

„jetzt so, aus dem stegreif?" gab meier-henneberg zurück und schüttelte den kopf. „gut, er war mein patient, seit mehr als vier jahren, da spricht man über gott und die welt, aber ich fürchte, es war nichts dabei, was für sie relevanz besäße. soweit ich weiß, trieb er sich nicht in finsteren spelunken herum oder haute sein geld in casinos oder sonstwo auf den kopf. torsten war, so habe ich ihn erlebt, ziemlich einfach gestrickt. alles, was ihn wirklich interessiert und wofür er lebte, war sein sport. ich glaube, offen gesagt, das andere leben ging ziemlich spurlos an ihm vorbei."

„hatte er feinde?"

„feinde?" der arzt machte ein überraschtes gesicht. „höchstens neider, wenn sie mich fragen; aber das ist in einer so exponierten position auch kein wunder, oder? wer wäre nicht gerne an seiner stelle? reich, jung, berühmt und mit aussicht auf noch mehr."

und dann haut es dich einfach weg, dachte kieselbach.

„gibt es eine krankenakte?" erkundigte sich enderlein.

„selbstverständlich."

„dann würden wir die sehr gerne einsehen."

„wenn es ihnen hilft," erwiderte der mediziner mit leichter verwunderung, „ich darf sie nur darauf hinweisen, das die unterlagen in fachchinesisch gehalten sind."

„reine formsache, herr doktor," antwortete enderlein an der belehrung vorbei.

„wie sie wünschen. ich werde meiner sekretärin anweisung geben, die unterlagen zu kopieren, dann sind sie morgen auf ihrem schreibtisch. reicht das?"

„selbstverständlich," erklärte enderlein. „und das ganze ist kein misstrauen gegen sie oder die klinik."

„schon in ordnung," erklärte die koryphäe leidenschaftslos und sichtlich in sich zusammengesunken.

„das war´s von unserer seite, vorerst," sagte kieselbach. „im op wird man wahrscheinlich schon auf sie warten."

„danke für die blumen, aber heute wird das nichts mehr," antwortete der klinikchef. „oder glauben sie, das man mit diesen händen noch operieren kann?" langsam streckte er beide arme nach vorne. die finger zitterten wie espenlaub.

aufgelauert

enderlein und kieselbach hatten ihren 'biber 20' im riedgedeckten bootsschuppen vertäut und machten sich zu fuß auf den weg zurück in den ort. sie passierten den großen hafen, in dem nur noch zwei auslaufbereite kähne und ihre fährleute auf kundschaft warteten; mondschein-fahrten oder kneipentouren raus nach lehde. außerhalb der saison nicht gerade das lukrativste geschäft. insge-samt verfügte die kahnfährmanngenossenschaft über knapp 800 kähne, die meisten noch aus holz, aber die neuen waren nur noch aus alu. hielt ewig, war pflege-leichter und auf dauer wesentlich billiger.

als sie in die kopfsteingepflasterte ehm-welk straße bogen, verlangsamten sie ihre schritte, denn direkt vor sankt nikolai, dem weithin sichtbaren wahrzeichen der stadt lübbenau aus dem 18.jahrhundert, standen unüber-sehbar zwei übertragungswagen aus dem 21. jahrhundert, mit ausgefahrenen antennen auf dem dach, die nichts gutes verhießen.

„unauffällig durch die mitte." murmelte enderlein und strebte so zufällig wie möglich dem breiten, grauen blechtor zu, das den hof der wache vom kirchplatz trenn-te. weder er noch kieselbach verspürten lust, den presse-heinis in die hände zu fallen und interviews zu geben. sie waren schließlich keine filmstars und hatten auch nicht vor, welche zu werden.

das tor befand sich fast schon in reichweite, als die fernsehleute sie erspähten. woher diese medientypen ihre gesichter kannten, blieb ein rätsel, und selbst ihre namen hatte man parat, sogar verwechselungsfrei.

„kommissar kieselbach, gibt es erste erkenntnisse im mordfall grabow?" fragte ein interviewer in ätzend grünem jacket.

„es kommt darauf an, was sie unter erkenntnissen verstehen," gab der angesprochene zurück.

„nun ja," antwortete der leicht verblüffte reporter, dessen gesicht man hinlänglich aus dem fernsehen kannte, „gibt es hinweise auf einen möglichen täterkreis?"

wortlos blickte kieselbach in die zwei rotblinkenden fernsehkameras, die direkt auf seinen kopf gerichtet waren und versuchte seine gedanken zu ordnen. viel kam dabei nicht heraus.

„hallo, kommissar, aufwachen," rief ihm der zweite reporter, ein kleines, unbekanntes männchen in einer überlangen wildlederjacke, aufmunternd zu, aber kieselbach wachte nicht auf.

„wir haben erst vor knapp einer stunde die ermittlungen aufgenommen, meine herren," antwortete enderlein an seiner stelle, „sie werden verstehen, das wir ihnen da noch keinen täter präsentieren können, auch wenn wir gerne möchten. im film klappt das, aber im richtigen leben dauern solche dinge oft erheblich länger."

„das lässt sich senden," erklärte das männchen in wildleder und senkte sein mikro. „ein polizist mit philosophischen qualitäten. und das in so einem kaff. respekt."

der manager

es war kurz nach 19 uhr, als lukas kieselbach mit seinem dienstwagen das grundstück des spielervermittlers in burg erreichte. es lag versteckt am ende des ewig langen kirchwegs und war von einer hohen, immergrünen taxushecke umgeben, die einen hinter ihr installierten, übermannshohen maschendrahtzaun fast verbarg. während der kommissar in die kurze anfahrt zum anwesen einbog, flammten zwei grelle scheinwerfer auf und sekunden später begann das schmiedeeiserne eingangstor links und rechts in der taxushecke zu verschwinden.

der aufwändig plattierte weg teilte einen sorgfältig getrimmten wembleyrasen in zwei weitschweifige hälften und führte in einem großen bogen auf ein anderthalbstöckiges, ewig breites, riedgedecktes fachwerkhaus zu, das wohl zum besten gehört, was der spreewald zu bieten hatte. lukas kieselbach nickte anerkennend. alles um ihn herum war neueren datums und von erlesener qualität, das ließ sich auf den ersten blick mühelos erkennen; allein die sechs großzügigen sprossenfenster der seitenfront, inklusive der doppelflügeligen tür, hatten mit sicherheit ein kleines vermögen gekostet. hier war nichts zu sehen von der relativen armut, die den spreewald seit jahrhunderten im griff hatte; selbst die sich kreuzenden schlangenkönige an den beiden hausgiebeln trugen leuchtend goldene kronen.

vor dem überbreiten holzportal des hauses parkte ein schneeweißes ford-mustang-cabrio mit roten ledersitzen und gültiger straßenverkehrszulassung. normalerweise fand man dergleichen prachtstücke in oldtimer-museen, versehen mit dem eindringlichen hinweis: ´berühren verboten´; hier stand diese rarität als gebrauchsartikel auf der grünen wiese.

die haustür gab ebenfalls automatisch den weg frei, und was dem kommissar jetzt geboten wurde, verschlug ihm die sprache, und das zum zweiten mal an einem tag. er durchschritt einen kleinen eingangsbereich im blockhausstil, öffnete eine hölzerne schwingtür, die jedem saloon in laramie zur ehre gereicht hätte und betrat ein wohnzimmer, das garantiert hollywoodreif war. die inneneinrichtung stammte wahrscheinlich original aus irgendeinem western-klassiker mit john wayne in der hauptrolle, doch anstelle von schlichten saloonmöbeln gab es drei speziell präparierte straßenkreuzer aus den fünfziger und sechziger jahren.

„nur hereinspaziert," rief der hausherr, der hochhackige westernstiefel, jeans und ein rotes cowboyhemd mit auffälligen stickereien trug und lässig an einem thunderbird lehnte. „eine scheiß-nachricht, die sie mir da per telefon übermittelt haben."

franz-josef müther war etwa mitte fünfzig, ziemlich untersetzt und hatte einen ausgeprägten spitzbauch. wenn er redete, bewegten sich nicht nur die lippen, sondern sein ganzer körper. er bugsierte kieselbach auf die blaulederne rückbank eines chromblitzenden chevys, öffnete die motorhaube des vehikels und wie von geisterhand erschien aus der tiefe der karrosserie eine ausgewachsene bar mit dutzenden von flaschen, karaffen und gläsern.

„was darf's sein?" fragte der manager. sein atem roch nach konzentriertem alkohol und so wie er redete, konnte man davon ausgehen, das müther schon einiges intus hatte.

„ein mineralwasser," antwortete der kommissar.

„wasser?" der spielervermittler runzelte die stirn. „sie haben die volle auswahl, bourbon, scotch, cognac, und alles garantiert nur vom feinsten."

„mineralwasser ist okay."

„sie müssen's wissen," sagte der spielervermittler achselzuckend und servierte wasserflasche und glas mit der übertriebenen eleganz eines angetrunkenen. sich selbst spendierte er einen doppelten whiskey on the rocks, auf den schreck, wie er mit betrübtem gesicht hinzufügte.

seufzend ließ sich der schmächtige mann dann in den fahrersitz des chevys fallen, der sich auf knopfdruck um hundertundachtzig grad drehte, so das gastgeber und polizist sich genau gegenüber saßen.

„womit kann ich dienen?" begann der offensichtliche amerikafan.

„mit so viel informationen wie möglich," begann kieselbach. „ein mann wird im wald erschossen und wir haben das zweifelhafte vergnügen, den oder die täter zu finden."

„entschuldigen sie, wenn ich ihnen da ins wort falle, herr kommissar. dies war kein beliebiger mann, von dem sie da reden, sondern das war das größte abwehrtalent in der gesamten republik, seit kaisers zeiten. noch in diesem jahr hätte der junge in der nationalmannschaft gespielt, wenn er nur halbwegs seine form gehalten hätte und gesund geblieben wäre, das können sie mir glauben."

„gab es denn gesundheitliche probleme?" hakte der kriminalist nach.

„wie? gesundheitliche probleme? völliger quatsch," ereiferte sich müther. „nicht die geringsten. der junge war fit wie ein turnschuh. sie hätten den bengel gestern abend auf der alm erleben müssen. hinten alles weggeputzt was kam, im mittelfeld das spiel angekurbelt und vorne zweimal sensationell mit dem kopf zugeschlagen. andere kicker wären froh, wenn sie das mit den füßen hinbekämen, was torsten mit dem kopf konnte. der junge war eine echte granate. war! prost!" müther hob sein glas und leerte es auf einen zug.

„gut," unterbrach kieselbach den redeschwall des managers. „so viel zum sportlichen. da war also alles im grünen bereich, aber wie sah´s drumherum aus?"

„wen interessiert noch das drumherum? der junge ist mausetot, ende, aus, game over; und von ihren fragen wird er auch nicht wieder lebendig ." der spielervermittler kniff die augen zusammen und blickte sein gegenüber wenig freundlich an und ärger schwang in seiner stimme mit. „ahnen sie eigentlich, was dieser wahnsinn für konsequenzen hat? die leute von ´energie´ wird dieser mord vermutlich den aufstieg kosten und mich mit sicherheit ein paar millionen. finden sie den täter, bevor es der konsul tut oder ich. der alte knabe wird dem kerl bei lebendigem leib die haut abziehen; seit jahren träumt ackermann von der ersten liga und jetzt ist er so nah dran, wie nie zuvor; und dann diese schweinerei."

„und was würden sie tun?"

„die alte mafia-methode anwenden," antwortete der manager, ohne zu zögern.

„und was heißt das im klartext?"

„na, beide füße in beton und dann ab in den nächsten baggersee, das gebe ich ihnen sogar schriftlich."

stilgerecht, dachte kieselbach und blickte auf die original wurlitzer juke box, die ihm gegenüber an der wand stand. er hätte eine wette darauf abgeschlossen, das sie direkt aus memphis, tennessee stammte.

„auch eine möglichkeit, den fall zu lösen," sagte der kommissar und lächelte schwach. „was gibt es denn an handfesten informationen, die bei der aufklärung helfen könnten?"

„einige," knurrte müther. „es kommt darauf an, was sie wissen wollen."

„alles," antwortete der kommissar. „am besten wir fangen ganz vorne an."

„das kann ja dauern," antwortete der agent, füllte sein glas halbvoll und trank es fast auf einen zug leer.

„wenn ich richtig verstanden habe, dann waren sie für die geschäftlichen belange von torsten grabow zuständig?"

„richtig."

„was bedeutet das konkret?"

„konkret heißt das, der junge hat keine unterschrift unter irgendein stück papier gesetzt, ohne das ich es vorher genehmigt habe."

„er hat ihnen also absolut vertraut?"

„sicher; und ich habe ihm alles besorgt, was es zu besorgen gab, den ausrüstervertrag, autogrammstunden, vip-rabatte, werbeverträge, einfach alles; ich habe mich außerdem um die gesamte pressearbeit gekümmert und ihm notfalls noch den arsch nachgetragen, wenn es sein mußte. nur gespielt hat er selbst. und ohne mich wäre er nie auch nur andeutungsweise dahin gekommen, wo er bis heute morgen war, sportlich und finanziell."

„hatte grabow selbst einen überblick über seine finanzielle situation?"

„ungefähr, würde ich sagen. er hat sich allerdings nicht sonderlich mit dem papierkram belastet, war ihm alles zu kompliziert und zu unwichtig. torsten wollte fußball spielen und ansonsten seinen spaß haben. nichts ungewöhnliches bei jungen seines alters und seiner bildung."

„über welche bildung verfügte torsten grabow denn?"

„eine nachgeworfene mittlere reife von irgendeiner privatschule und eine geschenkte kaufmännische lehre aus dem hause ackermann."

„das heißt, sie hätten unter umständen auch einiges von seinem geld in ihre eigene tasche wirtschaften können, ohne das der junge es bemerkt hätte?"

diese grobe unterstellung ließ müther zumindest äußerlich völlig kalt.

„mit leichtigkeit," gestand der spielerberater, ohne mit der wimper zu zucken, ein. „viele von diesen burschen sind so dumm, das es quietscht. die landen dann natürlich auch bei den entsprechenden managern und stehen am ende ihrer karriere mit leeren händen da, wenn sie glück haben. viele von diesen dumpfbacken werden über kurz oder lang von ihren eigenen schulden erschlagen, obwohl sie immer ein schweinegeld verdient haben. da könnte ich ihnen dutzende von prominenten beispielen aufzählen."

„nicht nötig," antwortete kieselbach, „ich glaube ihnen aufs wort."

„dann können sie mir auch glauben, das ich meine schäfchen immer fair behandelt habe, auch wenn inzwischen überall selbstbedienung angesagt ist. vertrauen ist erste geschäftsgrundlage bei müther. sie dürfen selbstverständlich gerne sämtliche unterlagen überprüfen lassen; ich verspreche ihnen, sie werden nicht die geringste unregelmäßigkeit feststellen."

für so dumm habe ich dich auch nicht gehalten, dachte kieselbach. laut sagte er: „wir werden auf dieses angebot vielleicht später noch zurückkommen müssen."

„kein thema," antwortete müther. seine stimme klang allerdings eine spur frostiger als noch vor wenigen augenblicken.

„hatte torsten grabow eine lebensversicherung?"

„klar."

„wie hoch?"

„genau eine million."

„nicht schlecht," murmelte der kommissar.

„standard," korrigierte der manager, „war als altersabsicherung gedacht, falls mal irgendwas schief gehen sollte.

„wer ist der nutznießer?"

„das sind die eltern, soviel ich informiert bin."

„sie haben die police?"

„sicher, aber nicht hier, sondern im büro. ich werde ihnen heute noch eine kopie rüberfaxen, wenn sie wollen."

„gut." der kommissar erhob sich und verließ den chromblitzenden chevy.

„hatte grabow bei irgendwem schulden?"

„schulden? quatsch! nicht die geringsten, im gegenteil. cottbus ist zwar nicht mailand oder barcelona, aber im vergleich zu den anderen in seiner mannschaft schwamm der junge richtig im geld. er war schließlich ackermanns lieblingskind."

„irgendwelche anderen probleme?"

„jede menge," sagte der manager.

„welche zum beispiel?"

„na ja, der junge dachte krampfhaft darüber nach, ob er seinen porsche nicht endlich gegen einen ferrari eintauschen sollte."

das waren natürlich auch probleme; kieselbach dachte an seinen gebrauchten mittelklassejapaner, mit dem er seit jahren durch die gegend kutschierte. „ich hätte doch fußballer werden sollen," murmelte er.

„sie?" der spielervermittler musterte sein gegenüber von kopf bis fuß. „können sie denn gerade vor einen ball treten?"

„für die alten herren reicht´s," antwortete der kommissar.

„na ja," müther grinste, „da landen sie alle irgendwann mal, auch die besten."

„und wie stand es mit den damen?"

„nicht schlecht. die weiber rannten ihm die bude ein. kein wunder; der knabe war jung, erfolgreich und sah aus wie lohengrin persönlich, was will man mehr?"

„gab es eine feste freundin?"

„zwei," antwortete müther und nippte an seinem whiskey, „die sich mehr oder weniger abwechselten. torsten wollte sich nicht unbedingt festlegen lassen."

„namen und adressen, bitte."

kieselbach schrieb mit, was der manager diktierte. dann gab er ihm die faxnummer der wache. „denken sie an die lebensversicherung."

„schon unterwegs."

„danke."

„kein thema."

der kommissar stand schon in der saloontür, als müther sich noch einmal meldete. „gehöre ich jetzt mit zu den tatverdächtigen?"

„alle sind tatverdächtig," antwortete kieselbach, „auch der förster."

„halten sie mich wirklich für so doof, dass ich ein huhn umniete, das goldene eier legt?"

pressefrühstück

kieselbach saß allein am küchentisch und starrte wütend in den ´blitz-kurier´, den ihm sein bäcker in die hand gedrückt hatte, als er sich seine beiden morgenbrötchen abholen kam. und mit jeder zeile, die er las, steigerte sich seine verärgerung.

attila honecker hatte sich wieder einmal selbst übertroffen. ´wilder westen im hochwald´ lautete die reißerische überschrift auf der titelseite des revolverblattes. darunter prangte die unappetitliche portraitaufnahme des ermordeten, die sich der schmierfink wahrscheinlich auf irgendwelchen krummen wegen im krankenhaus erschlichen hatte, garantiert ohne zustimmung von doktor zorn. die ellenlange abhandlung um das photo herum ließ an dramatik nichts zu wünschen übrig. nach zwei zeilen text stellte sich das gefühl ein, das der urheber des artikels mindestens ein augenzeuge der grausigen tat war.

an die detailgetreue darstellung der mordhandlung, einem sammelsurium von phantastischen halbwahrheiten, schloß sich ein sorgfältig ausgearbeitetes gewebe von unterschiedlichen hypothesen und spekulationen an. dergleichen beherrschte honecker einfach genial.

einmal handelte es sich bei der bluttat um einen gezielten racheakt eines nicht näher genannten aufstiegsmitkonkurrenten, der durch die beseitigung von grabow versuchte, den fc energie cottbus kurz vor toresschluß noch aus dem rennen zu katapultieren. eine andere these wies vage auf parallelen zu gängigen mafiamethoden hin. gedungene mörder konnten torsten grabow ins jenseits befördert haben, weil er sich geweigert hatte, schutzgeld für seine persönliche sicherheit zu zahlen; also hatte die mafia ein exempel statuiert. hinter jedem schlußsatz zu einer dieser hypothesen befand sich allerdings ein unauffälliges fragezeichen, das man im eifer des lesens problemlos und schnell übersehen konnte.

wer diese fragezeichen jedoch bemerkte und verstand, der wusste, was honeckers ausführungen wert waren, nicht einmal das papier, auf dem sie standen. allerdings garantierten die kleinen satzzeichen dem verfasser, das er wegen seiner schmierereien zumindest juristisch nicht zu belangen war. clever wie immer, dachte kieselbach.

alles, was dem leser an diesem artikel fehlte, war der name des täters. stocksauer radelte der hauptkommissar zur wache.

heidmann, der diensthabende, grüßte seinen vorgesetzten mit einem müden ´hallo´ und erklärte ihm, das sich einige faxe für ihn angesammelt hatten.

insgesamt waren es genau sechsunddreißig, die sauber abgelegt auf seinem schreibtisch lagen. ungefähr neun zehntel davon waren irgendwelche presseanfragen, zwei mitteilungen stammten von der staatsanwaltschaft aus cottbus, eine nachricht kam von müther. der manager mit dem eigenwilligen geschmack hatte also wort gehalten.

angegeben waren noch einmal die namen, adressen, arbeitsstellen inklusive der telefonnummern der von torsten grabow bevorzugten damen, sowie eine kopie der lebensversicherung, auf der die eltern des erschossenen profis als begünstigte eingetragen waren.

als erstes setzte sich der kommissar mit dem träger der lebensversicherung in hamburg in verbindung. das ergebnis konnte sich sehen lassen. nach einigem hin und her stellte sich heraus, das der fußballer knapp einen monat vor seinem tod, in einer handschriftlich aufgesetzten mitteilung, anstelle seiner eltern eine gewisse biggi seimetz, eine seiner beiden partien, als allein begünstigte eingesetzt hatte. die dame lebte nach angaben der versicherung in cottbus und führte eine exklusive herrenboutique, so stand es zumindest im telefonbuch.

kieselbach überlegte noch, ob diese nachricht irgendeine bedeutung für den fall haben konnte oder nicht, als sich sein handy meldete.

„honecker hier," meldete sich eine vertraute stimme. „dem täter schon auf der spur?"

„der ist gerade zur tür raus," knurrte der kommissar, „und geht in die kirche, um zu beichten."

„ha, wie witzig," meckerte der kugelblitz.

„außerdem weißt du doch längst alles," erklärte kieselbach. „wenn man deinen blödsinn von heute morgen liest, dann muß man doch glauben, du hast dem killer die hand geführt."

„reg dich ab, chef, die leute wollen spannung. das leben ist langweilig genug," gab der starreporter zurück. „außerdem erhöht dramatik die auflage, und das will mein verleger."

„na, dann herzlichen glückwunsch."

„danke, aber jetzt mal im ernst." die stimme des dicken wurde sachlich, „gibt es schon irgendwas neues im dorf?"

der kommissar überlegte kurz, was er dem pressemann erzählen sollte. bis jetzt war so gut wie nichts verwertbares zusammengekommen.

„im grunde sind wir noch genau so schlau wie gestern. der junge war überall beliebt, hatte keine feinde, keine schulden und bis auf seine mädels auch keine erkennbaren probleme."

honecker fragte nicht einmal nach den namen der beiden favoritinnen, wahrscheinlich hatte er sie längst aufgetan und heimgesucht.

„es gibt momentan also weder motiv noch täter?" folgerte das monstrum.

„genau so sieht es aus," gestand kieselbach ein.

„so werden also unsere steuergelder zum fenster rausgeworfen," antwortete der reporter. „schwache leistung, kieselbach, wirklich."

im training

das trainingsgelände von ´energie´ befand sich einen kurzen fußweg entfernt vom stadion, mitten im eliaspark, ein einziger rasenplatz in einem massiven drahtkäfig. als kleiner junge und auch noch als jugendlicher hatte kieselbach davon geträumt, einmal fußballprofi zu werden, doch am ende war er in der landesliga gestrandet. seine trainer in den jugendmannschaften hatten ihm allesamt talent genug für höhere aufgaben bescheinigt, nur damals war ihm die ausbaumöglichkeit seiner fähigkeiten nicht aufgegangen. aber die übungsleiter sollten recht behalten. andere, weit weniger talentierte spieler als er waren locker bis in die zweite liga aufgestiegen.

heute, mit seinen sechsunddreißig, trauerte der kommissar dieser vergebenen chance nicht mehr hinterher, schließlich hatte er knapp dreißig jahre fußball ohne nennenswerte verletzungen überstanden. andere waren weniger glücklich davongekommen; sie hatten sich operationen unterziehen müssen, und einige von ihnen liefen jetzt als halbinvaliden mit erheblichen spätschäden durch die gegend. er, lukas kieselbach, war heute eine stütze seiner altherrenmannschaft, hatte spaß am spiel und so gut wie keine beschwerden. nur manchmal, wenn er die anderen im fernsehen kicken sah und hörte, welche unsummen inzwischen im spiel waren, dann wurmte es ihn doch, das er nicht wenigstens den versuch unternommen hatte, auch da oben mitzuspielen. jetzt war der zug natürlich längst abgefahren.

es war weit nach mittag, als kieselbach das übungsgelände betrat, auf dem die ´energie´-kicker den hauptteil ihrer trainingseinheiten absolvierten. die zaungäste hatten längst den weg nach hause angetreten und die profis standen wahrscheinlich unter den duschen oder sie wurden gerade von der medizinischen abteilung behandelt.

mitten auf der weiten, sattgrünen rasenfläche befanden sich einsam und allein zwei personen. die eine sprintete von links nach rechts und hechtete und grätschte nach bällen, die ihr von der anderen so unmöglich wie möglich zugekickt wurden.

kieselbach wartete neben der schmalen pforte und sah sich das schauspiel an. der mann, der sich so gut wie nicht bewegte, war ewald frenken, der cheftrainer. sein opfer, das auf kommando hin über den schon arg ramponierten rasen hechelte, war hartwig hörter, ein jahr jünger als kieselbach und über mehr als ein jahrzehnt eine institution bei ´energie´, aber inzwischen durch torsten grabow von seiner liberoposition auf die reservebank verdrängt, ohne hoffnung auf wiederkehr. bis gestern.

nach zwanzig elenden minuten endete das sondertraining. hörter lag flach auf dem boden und pumpte wie ein maikäfer, frenken sammelte die verstreut herumliegenden bälle in ein netz, ging wortlos an seinem ersatzlibero vorbei und bewegte sich auf den spielerausgang zu.

„hallo kommissar," grüßte er wenig begeistert. „sie interessieren sich für fußball?"

„als kind wollte ich immer profi werden," gestand kieselbach, „aber wie sie sehen, bin ich bei der polizei gelandet."

„der job ist auf jeden fall krisenfester," antwortete der trainer. er wusste, wovon er sprach. zweimal hintereinander hatte er jetzt mit ´energie´ den aufstieg in die erste liga knapp verpasst, weil seinen leuten zum schluß jedes mal die energie ausgegangen war. dieser dritte anlauf bedeutete für frenken so etwas wie die allerletzte chance, sich als spitzenkraft zu beweisen. wenn er mit seiner truppe auch in diesem jahr das klassenziel nicht erreichte, dann würden sie ihn mit absoluter sicherheit in die wüste schicken; und mit seinem image als ewiger versager konnte er dann höchstens noch im westerwald oder auf den friesischen inseln bei irgendwelchen thekenmannschaften den spielleiter abgeben.

„leider ja," antwortete lukas kieselbach. „wäre schöner gewesen, wir hätte uns mal auf andere art und weise kennengelernt."

„kann ich nur unterschreiben. hätte von mir aus auch eine verkehrskontrolle sein können," antwortete frenken. „grabows abgang hat uns einen dicken strich durch die rechung gemacht, aber," er deutete wenig begeistert auf seinen altlibero, „wie sie sehen, läuft unser notprogramm bereits auf vollen touren, mehr oder weniger."

draußen auf dem spielfeld kam hartwig hörter allmählich wieder auf die beine. mit wenig eleganz absolvierte er einige streching-übungen.

„keinen einsatz in der ersten mannschaft seit mehr als dreißig spielen, vier kilo übergewicht und eine kompression wie ein stallkaninchen," kommentierte sein trainer. „aber am samstag wird er auflaufen müssen, ob wir wollen oder nicht. wenn´s gut geht, sind wir dritter und steigen auf, wenn nicht, dann gute nacht marie." mehr resigniert als wütend warf er dem platzwart, der sich am ausgang zeigte und wahrscheinlich feierabend machen wollte, das ballnetz zu. „mit grabow hinten drin hätten wir den sekt schon mal kalt stellen können."

„haben sie irgendeine idee, wer den jungen auf dem gewissen haben könnte?"

„nicht den geringsten schimmer." der trainer schüttelte den kopf. „die einzigen, die sauer auf grabow sein müßten, sind die leute von ´arminia´. grabow hat sie vorgestern fast im alleingang abgeschossen und jetzt rangieren sie einen punkt hinter uns in der tabelle. aber, ehrlich gesagt, kann ich mir so eine sauerei nicht vorstellen. natürlich weiß man nie, auf welche ideen irgendein durchgeknallter fan kommen kann. wenn ich mich recht erinnere, haben sie in kolumbien mal einen nationalspieler umgelegt, weil er ein eigentor fabriziert hat."

„möglich ist alles," murmelte der kommissar und nickte. „aber vereinsintern war alles okay mit grabow?"

„alles bestens. ein echter musterknabe. ein vorbild im training und auf dem platz. talentiert bis in den kleinen zeh und absolut erfolgsorientiert. er wollte nach ganz oben, wie die meisten. aber er war einer der wenigen, die absolut das zeug dazu hatten." ewald frenken, vor mehr als zwanzig jahren ein gefürchteter mittelstürmer und ddr-auswahlspieler, strich sich durch das schütter gewordene haar.

„wenn ich daran denke, daß samstag hörter als libero hinten drinsteht, dann wird mir ganz anders. der mann hat inzwischen einen aktionsradius wie eine notrufsäule."

kein tolles zeugnis, das der trainer da seinem rettungsanker ausstellte, dachte kieselbach.

„grabow hatte also keine probleme oder feinde im verein?"

der coach schüttelte den kopf. „höchstens hörter. klar, wenn man nach mehr als zehn jahren von seiner stammposition verdrängt wird und sich den hintern auf der ersatzbank plattdrückt, dann ist man natürlich nicht begeistert von der entwicklung. und hörter war sauer auf torsten, das steht fest. aber ob das ausreicht, um jemanden umzulegen?" frenken zuckte mit den schultern.

„auf sie müßte hörter dann doch auch stinksauer sein, oder?" erkundigte sich kieselbach. „war ja wohl ihre entscheidung, ihn aus dem team zu nehmen."

„solche entscheidungen muß man als trainer fast täglich treffen," erklärte der gefragte ausweichend. „der eine spieler hängt durch, ein anderer kommt in form und drängt sich auf. so ist das eben im sport. wir haben es nicht mit maschinen zu tun; als trainer reagiert man eigentlich bloß auf die angebotenen leistungen."

kieselbach nickte. „und wenn, dann hätte er grabow besser zu anfang der saison aus dem weg räumen sollen und nicht am ende, oder?"

frenken blickte den polizisten mit erstaunten augen an. „stimmt, wäre sinnvoller gewesen. sonst noch fragen?"

der kommissar schüttelte den kopf. frenken hob eine hand zum gruß und verschwand in richtung stadion. man konnte spüren, das der tod von torsten grabow ein herber schlag für ihn war. die arbeit eines ganzen jahres stand auf der kippe. ein sieg in der allerletzten partie, und der aufstieg und sein kopf wären gerettet. aber mit hörter hatte er jetzt einen echten risikofaktor in seiner rechnung.

der konkurrent

hartwig hörter kam mit müden beinen über den rasen richtung ausgang geschlichen. sein schweißnasses trikot und sein gesichtsausdruck zeigten überdeutlich, das sein trainingszustand nicht der allerbeste war. alles in allem wirkte er wie ein ausgewrungenes handtuch.

„keine autogramme heute," sagte der reaktivierte, sah den kommissar kurz an und grinste gequält. kieselbach stellte sich vor und der altlibero kratzte verwundert seinen kurzgeschorenen schädel.

„die polizei meint also, das ich etwas mit dieser elenden sauerei zu tun haben könnte?"

„wir meinen im moment noch gar nichts. ehrlich gesagt, tappen wir eigentlich völlig im dunkeln und versuchen uns erst einmal ein bild vom umfeld des ermordeten zu machen. mehr nicht."

hörter wischte sich mit einem trikotärmel neuen schweiß aus seinem abgekämpften gesicht.

„wenn das so ist," sagte er, „wie kann ich ihnen helfen?"

„hatte grabow irgendwelche probleme hier im verein?"

„nicht das ich wüßte," antwortete der altstar. „alle sind ihm doch hinten reingekrochen; er war ja der wichtigste mann der truppe. vor allem der konsul machte einen riesenzirkus um seinen liebling."

„wieso gerade der konsul?"

„na ja, der alte ließ ja keine gelegenheit aus, den jungen als seine entdeckung darzustellen, von dem moment an, als der kleine begann richtig gut zu spielen."

„und, war er nicht seine entdeckung?"

„quatsch," knurrte hörter, der alte hat von fußball nicht mehr ahnung als jede mülltonne, aber er hat das geld. irgendein spielerbeobachter hat den spargeltarzan damals angeschleppt, von irgendwo aus mecklenburg."

„und dann hat er sich entwickelt?"

„ziemlich gut und ziemlich schnell," erklärte hörter, „kann man nicht anders sagen und plötzlich war ich weg vom fenster."

kieselbach konnte sich noch gut an diesem moment vor knapp zwei jahren erinnern; es hatte eine riesendiskussion in der presse und im anhang gegeben, als grabow, der grüne junge, plötzlich anstelle von hörter, dem alten schlachtroß, in der stammelf auftauchte. wochenlang wurde gestritten, doch dann begann der lange schlacks durch leistung zu überzeugen. und zwei monate später redete keiner mehr von hörter, der von da an nur noch sporadisch zum einsatz kam.

„aber abgesehen davon, das torsten inzwischen der star war, gab es keine probleme?"

„wie man's nimmt," orakelte der gealterte star.

„wie man was nimmt?" fragte kieselbach.

„na ja, torstens vertrag lief ende der saison aus. das spiel jetzt am samstag wäre im grunde sein letztes reguläres match für den verein gewesen."

„davon stand aber nichts in der zeitung."

„stimmt, war ja wohl eine geheimklausel, die müther dem konsul aufs auge gedrückt hatte."

„was für eine geheimklausel?"

„ganz einfach, wenn für den jungen ein gewisser millionenbetrag geboten wird, kann er gehen, wohin er will."

„und das hat der konsul unterschrieben?"

„ich sag doch, der mann hat keine ahnung vom geschäft."

„woher wissen sie von der klausel?"

„na, von torsten selbst. der junge musste natürlich mit seinen neuen möglichkeiten angeben, berlin, dortmund, bayern und so weiter, vor allem bei mir."

„und, hat der vorstand ihm kein neues angebot gemacht?"

„natürlich, jede woche. aber die großen clubs waren wirklich scharf auf den jungen. alles, was rang und namen hat, gab sich hier doch inzwischen die klinke in die hand. aber der konsul wollte torsten auf keinen fall gehen lassen. er faselte immer etwas von ´seinem sohn´ und von ´höheren werten´, die auch im profifußball noch gelten würden. alles dummes gefasel."

„wieso?"

„der alte ist im prinzip ein prima kerl, aber mit seinen ansichten kann man heute im profisport keinen blumentopf mehr gewinnen. ´elf freunde und der verein ist eine große familie´, alles kalter kaffee." der libero winkte ab. „wer nichts mehr bringt, wird über nacht abserviert und der rest pokert so hoch es eben geht. da spielt der name des vereins doch keine geige, hauptsache, die kohle stimmt. sobald hier im osten irgendeiner anfängt, die murmel geradeaus zu schieben, wird er weggekauft, egal ob in rostock, cottbus oder früher in dresden. im fußball regieren die scheckhefte, sonst nichts. und wir hier sind da noch ganz schön schwach auf der brust."

„und wer hat das rennen um grabow gemacht, ihrer meinung nach?"

„keine ahnung, herr kommissar. die zeiten, wo mich die clubleitung vorab über ihre entscheidungen informierte, sind vorbei."

„dank ihres nachfolgers?"

„sicher. ohne ihn wäre ich vermutlich noch immer stammspieler und mannschaftskapitän."

„das heißt, sie hatten reichlich gründe, um auf torsten grabow sauer zu sein?"

„stimmt," sagte der libero ohne zu zögern. „aber nicht so, um den burschen gleich umzulegen. ich bin fußballer und kein killer."

„wo waren sie gestern mittag, so zwischen elf und zwei?"

„ist das jetzt ein offizielles verhör?" fragte der profi.

„inoffiziell würde ich sagen," antwortete der kommissar. „ich hoffe doch, ich muß sie wegen einer solchen auskunft nicht erst schriftlich vorladen?"

„nicht nötig," antwortete der altlibero. „aber kriegen sie jetzt keinen schreck. ich war die meiste zeit zwischen elf und zwei im wald trainieren, allein. irgendwie muß man den anschluß an die anderen halten, wenn man nicht spielen darf."

„und wo im wald?"

„bei mir zuhause in straupitz."

„sie wohnen in straupitz?"

„seit mehr als zehn jahren."

kieselbach überlegte. der ort lag im nördlichen spree-wald, und für einen geübten läufer waren es von straupitz aus bis zum tatort vielleicht dreißig minuten, vielleicht sogar noch weniger. und trotz seiner momentan nicht herausragenden verfassung, hörter war schließlich profi.

„gibt es dafür zeugen?"

„meine frau wird ihnen bestätigen, das ich losgelaufen und zurückgekommen bin."

„das heißt," sinierte kieselbach, „sie haben zur selben zeit trainiert wie torsten grabow und wahrscheinlich nicht mal weit voneinander entfernt."

„schon möglich."

„haben sie grabow getroffen oder gesehen?"

„nein." der altstar schüttelte den kopf „der wald ist riesig und es gibt ein gutes dutzend verschiedener stre-cken und distanzen. von zwei kilometern bis zwanzig. es ist eher unwahrscheinlich, das man jemanden trifft, selbst wenn man ihn sucht."

was hörter sagte, entsprach den tatsachen; kieselbach kannte die wege. oft genug hatten ihn seine eigenen trai-ner durch den wald gescheucht, wenn die kondition nicht stimmte bei ihm und die hatte oft nicht gestimmt.

„sind sie jemandem begegnet?"

hörter zuckte mit den schultern. „einem halben dut-zend störche, einer bisamratte und zwei milanen, das war´s. hier oben im wald ist meist nicht viel los."

„wie dicht waren sie am tatort?"

„schwer zu sagen. wenn das stimmt, was in der zeitung steht, dann vielleicht bis auf einen kilometer oder so. dann macht die strecke einen bogen."

„haben sie einen schuß oder etwas in der art gehört?"

„absolut nichts." der libero grinste schwach. „wie gesagt, hier oben ist man hauptsächlich für sich. was hier rumläuft sind hasen, füchse und rehe."

dazu zwei profifußballer mit ehrgeiz und ein mörder, dachte kieselbach, verabschiedete sich und fuhr zurück.

die herrenboutique

die herrenboutique ´esquire´ befand sich in allerbester geschäftslage, direkt hinter dem spremberger torturm, am anfang der cottbusser fußgängerzone. hier verkaufen zu dürfen, musste mit einigen kosten verbunden sein. die nackte schaufensterfront des geschäftes war zweigeteilt und eher langweilig. genau mittig lag der etwas zurückgesetzte eingang. in der hälfte rechts davon befand sich, locker über einen schwarzen herrentorso aus pappmaché drapiert, ein cremfarbenes dinerjacket, in der linken sah man ein halbes dutzend mehrfarbiger seidenkrawatten, die sich effektvoll über die mausgraue auslegeware des schaufensterbodens schlängelten. für den handschriftlich beigefügten preis pro binder, den man nur bei genauerem hinsehen entschlüsseln konnte, bekam man anderswo ganze anzüge. kundschaft tummelte sich nicht im laden.

die inhaberin der boutique, biggi seimetz, eine der beiden favoritinnen des ermordeten, fing kieselbach bereits in der tür ab und führte ihn in einen winzigen raum, der eine mischung darstellte zwischen rumpelkammer und büro.

die dame selbst sah aus wie die personifizierung aller blondinenwitze. sie war groß und schlank und ihr schmales gesicht verbarg sich hinter einer großzügig aufgetragenen schicht make-up. der mund war signalrot geschminkt, mit schwarz nachgezogenen konturen. die figur steckte in einem sehr knappen, enganliegenden kleidchen, das genau zeigte, worüber frau seimetz nicht verfügte. der höhepunkt waren die haare; strohblond, kurz und fettig glänzend lagen sie am kopf an wie ein helm.

„kieselbach, wasserschutzpolizei," begann der kommissar, „wir haben vor knapp einer stunde miteinander telefoniert."

„wasserschutzpolizei," wiederholte die dame mit einem süffisanten lächeln. „und wo haben sie ihr boot geparkt?"

„im hauptbahnhof," antwortete der kommissar. die antwort war geklaut und stammte von enderlein, der für heute mit pressearbeit eingedeckt war.

„oh, ein schlagfertiger beamter," lobte die dame. mit einer kurzen handbewegung räumte sie eine art barhocker frei, um ihn ihrem gast anzubieten. sie selbst blieb stehen. wahrscheinlich kamen so ihre beine besser zu geltung.

„also, was kann ich für sie tun?" fragte sie kurz und scharf.

„viel, hoffentlich. wir suchen den mörder ihres freundes torsten grabow und sind für jeden hinweis dankbar, der uns in dieser leidigen sache weiterhilft."

„glauben sie, ich kenne den mörder?" gab die dame schnippisch zurück. von trauer war in ihrer stimme keine spur.

wenn die informationen aus hamburg stimmten, dann war die blondine seit gestern um genau eine million euro reicher, dachte kieselbach. lange beine mußte man haben und wenig hemmungen.

„in diesem fall hätten sie uns doch sicherlich schon kontaktiert, oder?" gab er zurück ohne die versicherung zu erwähnen. „aber vielleicht verfügen sie über irgendwelche informationen, die uns helfen können, den täter zu finden. oder haben sie daran kein interesse?"

„doch, selbstverständlich," versicherte die blondine mehr pflichtschuldig als eifrig. „ich weiß nur nicht, mit welchen informationen ich ihnen weiterhelfen kann."

„sie könnten uns zum beispiel erzählen, mit wem ihr verstorbener freund ärger hatte."

„torsten hatte mit niemandem ärger," erklärte die dame kategorisch. „er hatte nur freunde. überall, wo wir hinkamen, war er der absolute mittelpunkt."

der kommissar nickte; die aussage durfte den tatsachen entsprechen; in seinen kreisen mußte torsten grabow der große weiße ritter gewesen sein.

„hatten sie selbst streit mit ihm?"

„ich? wieso?" fragte biggi seimetz beinahe beleidigt.

„wieso, weiß ich auch nicht," gab kieselbach zurück. „die frage lautet ganz einfach: hatten sie streit mit ihm oder nicht?"

„nie." sagte die dame so, als wäre damit der fall für sie abgeschlossen.

„auch nicht wegen patricia krewel?" hakte der kommissar nach. die frage saß. trotz der dick aufgetragenen schminke, konnte man erkennen, wie die boutiquendame ihre farbe wechselte.

„was soll der quatsch mit dieser schlampe?" fauchte sie.

„frau krewel ist ihnen also bekannt?"

„na und, ist das etwas besonderes?"

„hat niemand behauptet, ich hatte lediglich um eine einfache erklärung gebeten."

„ich werde ihnen gar nichts erklären," antwortete das modell gereizt.

„wie sie möchten, aber dann dürfen sie für morgen mit einer vorladung auf unsere idyllische wache rechnen, in lübbenau," erklärte der beamte, der keine lust verspürte, sich von der modepuppe lange auf der nase herumtanzen zu lassen, „und zwar zur hauptgeschäftszeit."

„das ist eine sauerei," schnaufte die seimetz nach kurzer überlegung. knapp vierzig kilometer hin und vierzig zurück, dazwischen ein verhör nach allen regeln der kunst, das würde den tag einigermaßen kaputtmachen.

„wir können die angelegenheit natürlich auch eleganter regeln, liegt ganz an ihnen."

die dame blickte ihn mit zusammengekniffenen lippen an. „ziemlich dreiste methoden haben sie da."

„mord ist kein kavaliersdelikt," gab der beamte zurück.

also schön." die seimetz zuckte ergeben mit ihren gepolsterten schultern. „es hat natürlich streit gegeben wegen dieser schnepfe. sie hat sich torsten regelrecht an den hals geworfen und auf fürchterlich hilflos gemacht, das zog bei torsten. und immer, wenn er dieser dame klar machen wollte, das sie überflüssig war, kam ihre mitleid- und selbstmordmasche. das biest hatte den bogen voll raus, dabei war sie ausschließlich auf sein geld scharf. schön ausgehen mit ihm, große welt spielen und immer im mittelpunkt stehen und so weiter."

„aber auf sie, und nicht auf die krewel, hat er vor knapp einem monat seine lebensversicherung überschrieben, oder?"

„sie sind ja auffallend gut informiert," spottete die unternehmerin.

„gehört zu unserem job."

„wer hätte das gedacht?"

„warum hat er das getan, und warum vor einem monat?" fragte kieselbach. auf die spitzen der dame einzugehen, würde unnütz zeit und nerven kosten; auf diesem gebiet war sie ihm mit sicherheit haushoch überlegen.

„wahrscheinlich weil er mich liebte und wollte, das ich nach seinem eventuellen tod abgesichert bin."

„hat er denn mit seinem baldigen ableben gerechnet?"

„quatsch, natürlich nicht. wer rechnet denn in seinem alter mit einem abgang? torsten war der beste fußballer weit und breit, das ganze leben lag noch vor ihm und es konnte nur bergauf gehen, steil bergauf. die anderen konnten ihm doch nicht das wasser reichen."

„sie kennen franz-josef müther?"

„diesen blechcowboy?" spottete die dame.

„welches verhältnis hatten er und ihr freund?"

„torsten hat diesem scharlatan leider grenzenlos vertraut."

„warum ´leider´ und warum ´scharlatan´?"

„ha," schnaufte die seimetz. „wenn sie dieser kröte die hand geben, dann zählen sie besser hinterher ihre finger nach. für die geringste aussicht auf bares ist dieser knabe doch zu allem fähig."

„auch zu einem mord?"

die schöne-kleider-dame machte eine vage handbewegung. „finden sie´s heraus; dafür werden sie schließlich bezahlt."

„bin gerade dabei," entgegnete der beamte und erhob sich von seinem barhocker.

„sie sehen mich tief beeindruckt." sagte die seimetz.

„es gab also keine unstimmigkeiten zwischen torsten grabow und müther?" kieselbach ignorierte die provokationen und versuchte auf linie zu bleiben, auch wenn es schwerfiel.

„der junge war in bezug auf müther mit absoluter blindheit geschlagen. der cowboy hatte ihn als jungen burschen zu ´energie´ vermittelt und torsten glaubte ihm deswegen etwas schuldig zu sein. das dieser westernheld dabei mehr als nur den üblichen schnitt machte, war torsten einfach nicht klar zu machen."

„haben sie es denn versucht?"

die dame lächelte wissend. „natürlich, wer sonst? und mehr als nur einmal; aber torsten war an finanziellen feinheiten überhaupt nicht interessiert."

„im gegensatz zu ihnen?"

„als geschäftsfrau muß man darauf achten, das man sein geld zusammenhält."

„war torsten an ihrem laden hier finanziell beteiligt?"

„wie kommen sie denn auf dieses dünne brett?" kam es giftig zurück.

„ja oder nein?" fragte kieselbach.

„selbstverständlich nein."

„aber eingekleidet hat er sich bei ihnen?"

„na und, ist das ein verbrechen? was besseres konnte dem bengel doch überhaupt nicht passieren," sagte die modedame. „als ich ihn kennenlernte, lief er rum wie ein dorftrampel, turnschuhe, jeans, t-shirt, so wie alle jungs in seinem alter. jetzt, zum schluß, drehten sich die leute nach ihm um, wenn er irgendwo erschien; und nicht nur, weil er ein toller fußballer war. er hätte auch karriere als top-modell machen können. durch sein outfit ist er erst zu der persönlichkeit gereift, die er am ende darstellte."

wahrscheinlich glaubst du auch noch den schwachsinn, den du hier erzählst, dachte kieselbach, verabschiedete sich einigermaßen höflich und ging.

erste ergebnisse

grübelnd fuhr der kommissar zurück richtung spreewald. wer, zum teufel, hatte torsten grabow auf dem gewissen? drei oder vier kirchtürme von versteckt liegenden dörfern lugten aus der waldreichen landschaft hervor und in höhe raddusch erschien linker hand plötzlich eine fast zehn meter hohe, kreisrunde konstruktion aus holz und lehm von knapp 50 metern außendurchmesser, die nachbildung einer alten slawenburg, die hier vor knapp tausend jahren, im original, gestanden hatte. ein interessanter bau mit einem feinen museum innendrin. für uneingeweihte, die hier auf der schnurgeraden autobahn richtung polen oder berlin vorbeiflogen, blieb das merkwürdige gebilde allerdings ein ziemliches rätsel. eine vernünftige infotafel am straßenrand würde hier durchaus sinn machen, dachte kieselbach.

torsten grabow, die große hoffnung am lausitzer fußballhimmel, war ermordet worden, erschossen, mitten durch die brust, bei einem trainingslauf im wald, unvorstellbar. doch egal, von welcher seite man den fall aufrollte, bis jetzt hatte sich noch niemand als täter aufgedrängt, im gegenteil.

wurde man zum mörder, nur weil man plötzlich auf der ersatzbank platz nehmen mußte? wohl kaum. kieselbach selbst hatte schließlich ersatzbankerfahrung genug und trotzdem noch niemanden deswegen umgelegt. und nur weil man plötzlich eine lebensversicherung überschrieben bekam, legte man doch nicht postwendend den versicherten um? es sei denn, man brauchte das geld dringend. mit quietschenden reifen schlingerte der kommissar in die autobahnabfahrt ´lübbenau´. die boutiquendame würde in kürze mit einem zweiten besuch rechnen müssen.

auf seinem schreibtisch lagen die berichte aus der gerichtsmedizin und der spurensuche.

die vier seiten des pathologen waren eng getippt und wimmelten von medizinischen fachbegriffen. freundlicherweise hatte sich der alte herr angewöhnt, am ende seiner wissenschaftlichen ausführungen eine kurze zusammenfassung in deutsch zu liefern. dieses mal hieß es:

´torsten grabow, tod durch erschießen. entfernung waffe-körper ca 5-10 cm. sofortiges ableben durch zerstörung von herz (totalschädigung), lunge (teilschädigung) und wirbelsäule (teilschädigung). tatwaffe wahrscheinlich großkalibrig, projektil nicht im körper. schußkanal fast genau horizontal. keine weiteren sichtbaren verletzungen, keine kampfspuren. tatzeit ca. 11 uhr 30 bis 12 uhr 30.´

die schriftlichen angaben deckte sich im wesentlichen mit dem, was der mediziner bereits am tatort, durch bloßes ansehen, diagnostiziert hatte und waren für die weiteren ermittlungen wenig bis gar nicht hilfreich.

die stellungnahme der spurensuche umfasste nur drei seiten und war im resultat noch lapidarer:

´keinerlei hinweise und spuren auf weitere person(en) am tatort. wenn spuren vorhanden waren, wurden sie durch gaffer unkenntlich gemacht. das für den tod grabows verantwortliche projektil konnte bisher, trotz intensivster nachforschung an der fundstelle der leiche, nicht entdeckt werden.´

die nächste niete. kieselbach schüttelte den kopf. nicht einmal die verdammte kugel war aufzutreiben. vermutlich war sie unter einen stein geschlagen oder so tief ins erdreich eingedrungen, das sie auch den sensiblen metalldetektoren für immer und ewig verborgen blieb. derartig dumme dinge gab es immer wieder; nicht alle probleme ließen sich wissenschaftlich oder technisch lösen. mit wenig begeisterung lochte er die berichte, heftete sie in den dafür vorgesehenen ordnern ab und griff missmutig zum telefon. für heute und morgen waren noch jede menge termine zu machen.

freundin nummer zwei

patricia krewel hatte sich auf ihrer arbeitsstelle, dem schloßhotel lübbenau, krank gemeldet und empfing ihn zuhause. sie bewohnte ein zwei-zimmer appartment in der neustadt, die man damals, zu ddr-zeiten, auf der grünen wiese aus dem boden gestampft hatte, um den menschen im neu errichteten braunkohlekraftwerk vor den toren des ortes wohnraum anbieten zu können. nach der wende hatte man diese plattenbauten renoviert und etliche bewohner der altstadt waren anschließend dort eingezogen, um ihre kleinen häuser in wassernähe an touristen vermieten zu können. so half nachträglich noch der sozialismus dem kapitalismus auf die beine.

die hotelangestellte trug kurzgeschnittene, schwarze haare, war knapp einen meter siebzig groß, schlank und kaum älter als zwanzig. ihr gesicht war auch ungeschminkt hübsch, allerdings sehr blaß und ziemlich verheult.

der herr liebte also die abwechselung, dachte kieselbach, nachdem er die seimetz mit dem mädchen vor ihm verglichen hatte. bisher war er der meinung gewesen, jedem, der in lübbenau lebt, schon einmal begegnet zu sein, neustädter inklusive, aber patricia krewel fehlte auf seiner liste. dabei hatte sie kein gesicht, das man sofort vergessen musste, im gegenteil; es war leicht rundlich, offen, mit zwei freundlichen, dunkelbraunen augen und prägte sich sofort ein. aber ins schloßhotel kam man als eingeborener so gut wie nie und wahrscheinlich wechselte das personal auch recht häufig.

„ich werde ihnen bestimmt keine große hilfe sein,“ sagte die junge dame, nachdem sie ihren besucher in einen gemütlichen, alten ohrensessel platziert hatte, der in fensternähe stand. wie oft musste torsten grabow hier an seiner stelle gesessen haben, fragte sich der kommissar.

„können sie mir sagen, warum man so etwas schreckliches tun muß?" patricia krewel schüttelte ihren kopf und begann leise zu weinen. „warum sind menschen so grausam?" sie stand auf, verschwand im badezimmer und kehrte drei minute später, leicht geschminkt und mit einer frischen packung kosmetiktücher zurück. lukas kieselbach fühlte sich mehr als unbehaglich in seiner haut.

„ich habe gedacht, die ganze welt fällt mir auf den kopf," sagte das mädchen, „als dieser unangenehme mensch von der zeitung anrief und mir das mit torsten erzählte."

„attila honecker?"

„genau. und eine halbe stunde später stand er im hotel und wollte ein exklusiv-interview haben."

„und?"

„mein chef hat ihn rausgeworfen."

„wunderbar."

„er hat dann mindestens noch dreimal angerufen, dieser honecker."

„sieht ihm ähnlich."

das mädchen schnäuzte sich und blickte lukas kieselbach mit verheulten augen an.

„und wie kann ich ihnen helfen?"

„wenn ich das so genau wüsste," gestand der kommissar. „wir rollen jetzt quasi torstens leben auf und hoffen dabei den hinweis zu finden, der zum täter führt oder den tätern."

„dann fragen sie."

„na ja, es gibt da eine sache, die wir gerne geklärt hätten, wenn's möglich ist," murmelte lukas kieselbach und rutschte auf die kante des sessels. „ wer war denn nun eigentlich die freundin von torsten grabow, sie oder diese frau seimetz?"

„spielt das jetzt noch eine rolle?" antwortete das mädchen. dicke tränen begannen ihre blassen wangen hinunterzulaufen. hilflos kramte kieselbach nach seinem taschentuch, das er natürlich nicht fand. wenn er mit irgendetwas überhaupt nicht klarkam, dann waren das weinende weibliche wesen.

„schwer zu sagen, im moment. um ganz ehrlich zu sein, tappen wir bei unseren ermitttlungen noch völlig im dunkeln."

das mädchen versuchte ein lächeln, seine offenheit schien pluspunkte zu bringen.

„die seimetz hat torsten doch nur zum renommieren gebraucht, als modell für ihre abgedrehten klamotten," begann patricia krewel, „aber selbst das ist seit gut zwei monaten vorbei. endgültig."

„vor knapp einem monat hat torsten grabow seine lebensversicherung zu gunsten von frau seimetz geändert," gab der kommissar zurück.

das mädchen nickte und trocknete seine tränen.

„dadurch hat er sich quasi freigekauft, weil sie ihm noch immer nachgestiegen ist."

„eine stolze abfindung, oder?"

das mädchen schüttelte den kopf. „ein abschied zum nulltarif."

„wie das? selbst wenn der versicherungsfall nicht eingetreten wäre, dann hätte sie die million in knapp zehn jahren erhalten." kieselbach hatte sich bei der versicherung genau nach allen modalitäten der police erkundigt.

das mädchen schüttelte abermals den kopf. „bei einer lebensversicherung können sie den namen der begünstigten wechseln wie ihre unterhemden. eine kurze, schriftliche mitteilung an die versicherung, und die alte eintragung ist hinfällig, und zwar ohne das irgendjemand davon erfährt."

richtig, dachte kieselbach. „und wer ist auf die famose idee gekommen, dieses spielchen mit frau seimetz zu treiben?"

„müther, franz-josef müther. er konnte die seimetz ohnehin nicht leiden."

„warum nicht?"

„er hatte ständig angst, die dame könnte torstens leistungsfähigkeit beeinträchtigen."

„und hat sie?"

„dazu hat torsten ihr schon lange keine gelegenheit mehr gegeben."

„und frau seimetz ist auf diesen deal eingegangen?"

dieses mal nickte das mädchen. „die dame ist geldgeil und dümmer als die polizei erlaubt. oh entschuldigung," fügte sie hastig hinzu.

„schon in ordnung," sagte der kommissar und zum ersten mal sah er die junge frau lächeln. kein wunder, das der profi die langbeinige blondine in die wüste geschickt hatte. bei jemandem, der nicht komplett mit blindheit geschlagen war, konnte das angemalte modell gegen diese junge frau nicht den hauch einer chance haben. leider hatte ihr das schicksal einen bösen strich durch die rechnung gemacht.

„wissen sie, ob torsten seine änderung inzwischen rückgängig gemacht hat?"

„keine ahnung, herr kommissar, aber das spielt für mich jetzt auch keine rolle mehr."

„wenn nicht, dann hat frau seimetz doch noch bekommen, was sie wollte."

„mir egal," schluchzte das mädchen und verschwand eine zweites mal im badezimmer.

schweigend und unangenehm berührt verließ kieselbach die kleine wohnung. es hätte nicht viel gefehlt und er wäre gegen eine mülltonne gerannt, die noch ungeleert unten vor der haustür stand.

der konsul

das restaurant ´zur alten spree´ gehörte zu jenen läden, die ein normalsterblicher nur dann betrat, wenn er eingeladen wurde. ansonsten war die lokalität eine adresse für die wirklich reichen oder für spesenritter. es lag knapp außerhalb von naundorf, in einer umgebauten jugendstilvilla mit einem weitläufigen, üppigen und erstklassig gepflegten park drumherum. in seiner mitte befand sich ein stattlicher, liebevoll restaurierter pavillion aus der gründerzeit, in grün-weiß, der in der wärmeren jahrezeit für konzerte aller art, von jazz bis klassik, genutzt wurde, rock, pop und ähnliches natürlich ausgenommen. von der herrschaftlichen, nach drei seiten offenen terrasse genoß man einen wunderbaren blick über einen seitenarm der spree hinweg tief hinein in die angrenzende auenlandschaft. satte wiesen und kleine gehölze wechselten sich ab, und zwei alte, geduckte, backsteinrote gehöfte komplettierten unauffällig die bilderbuchidylle. von dieser warte aus ließ sich das leben ertragen.

man schien bereits auf lukas kieselbach gewartet zu haben. ein livrierter geist öffnete für ihn die schwere, gläserne eingangstür und führte den gast, ohne zu fragen, in den hinteren, fast privaten teil des restaurants.

konsul johannes b. ackermann klappte die riesige, ledergebundene abendkarte zusammen und begrüßte den beamten beinahe wie einen alten bekannten.

„nehmen sie platz und suchen sie sich was gutes aus,“ erklärte der industrielle jovial. der kommissar zögerte; dergleichen, bei laufenden ermittlungen, konnte später einmal falsch ausgelegt werden.

„betrachten sie die einladung als privat,“ sagte der konsul, als hätte er die gedanken des kommissars gelesen.

vertraulich beugte er sich zu kieselbach hinüber. „und glauben sie nicht, sie könnten mich schädigen."

„nicht das sie hinterher die eintrittspreise bei ´energie´ erhöhen müssen," murmelte kieselbach, denn die zahlen hinter den gerichten grenzten wirklich an körperverletzung.

„nur keine hemmungen, es trifft keinen armen" flüsterte der unternehmer und grinste wie ein schuljunge, der gerade einen prima streich plante. „außerdem gehört der laden mir, aber nicht weitersagen." warnend hob er den rechten zeigefinger.

beide orderten. der herbeigeeilte kellner wiederholte die bestellungen seiner gäste artig, allerdings ohne sich auch nur eine einzige schriftliche notiz zu machen, dabei äußerte der konsul allein schon mehr als zwei dutzend unterschiedliche wünsche. kieselbach war gespannt, ob dem schreibfaulen kellner irgendein fehler unterlaufen würde.

„eine wirklich schlimme sache," begann der industrielle. „ausgerechnet jetzt und ausgerechnet torsten grabow. so nah wie jetzt waren wir lange nicht mehr an der ersten liga."

der kellner erschien und servierte wortlos einmal mineralwasser für kieselbach und einen trockenen sherry für den gastgeber.

„sie verstehen etwas vom fußball, oder langweile ich sie mit meinen ausführungen?"

„wenn ich ehrlich sein soll," sagte der kommissar, „dann wäre ich lieber fußballprofi als polizist geworden."

„sie sehen, auch fußballprofis leben nicht in einem paradies auf erden." das gesicht des konsuls wurde härter. „menschen, die zu so einer tat fähig sind, sollte man, ich weiß nicht, die sollte man für den rest ihres lebens in einen steinbruch oder ein bergwerk schicken und arbeiten lassen, damit sie jeden tag ihres lebens merken, was sie verbrochen haben."

der livrierte kam mit den vorspeisen und legte fehlerfrei vor, brokkolisoufflé provencale für den konsul, räucherforellenmousse für den gast.

„wenn sie und ihre leute den fall aufklären, herr kommissar, werden hundert dauerkarten an die polizei gehen, zur freien verfügung, hoffentlich für die ersten liga."

„hätte torsten grabow auch im nächsten jahr für ´energie´ gespielt?"

„davon bin ich bis gestern ausgegangen, vorausgesetzt natürlich, uns wäre der sprung in die erste liga gelungen. in der zweiten hätten wir torsten nicht mehr halten können, aus rein sportlichen gründen," fügte der unternehmer hinzu. „der junge wollte unbedingt in die nationalmannschaft, aber solange du in der zweiten liga spielst, nehmen sie dich beim dfb nicht ernst."

„torsten hatte also seinen neuen vertrag bereits unterschrieben?"

„so gut wie," erklärte der fabrikant und nickte. „wir mussten quasi nur noch das letzte spiel abwarten." ein pikkolo servierte ab und der livrierte erschien mit den suppen und dem dazugehörigen, trockenen weißherbst. es gab topinamburcrème für den gast, der konsul bekam meringen in reineclauden mit ahornsirup, wie bestellt.

„wissen sie, herr kommissar, torsten war so etwas wie ein sohn für mich. ich habe ihn mit meinem eigenen wagen vor fünf jahren aus einem kaff geholt, oben in vorpommern, wo er glatt versauert wäre; und bis gestern wohnte er in einem meiner besten häuser, mietfrei natürlich. ich habe dafür gesorgt, das er die mittlere reife nachmachte und er hat zwei zimmer neben meinem büro eine komplette kaufmännische lehre absolviert. mehr kann der eigene vater nicht für seinen sohn tun, oder?"

der kommisar schüttelte pflichtschuldig den kopf. „waren eigentlich viele andere vereine hinter torsten her?"

„es hielt sich in grenzen. es gab eine handvoll anfragen, aber wirklich ernstzunehmende angebote waren nicht dabei."

kieselbach nickte flüchtig; die suppe war hervorragend, aber irgendwer erzählte märchen, denn aus hörters mund hatte sich die geschichte ganz anders angehört.

nach den suppen wurde von vier bediensteten der hauptgang aufgetragen, russischer zander im salzmantel für den gastgeber, syrisches lammfilet mit zitronenthymian für den kommissar; dazu reichte man wilden, braunen reis mit orangen und kräutern, romanesco-kohl und prinzeßböhnchen mit vinaigrette aus kapernblättern. als getränk kam ein siebenundsechziger bordeaux. alles tadellos.

„welche rolle spielt eigentlich franz-josef müther in der ganzen sache?"

der konsul runzelte die stirn. „wir kennen uns noch nicht lange genug, junger mann, sonst wüßten sie, das in meiner gegenwart der name müther absolut tabu ist. für mich existiert dieser mann überhaupt nicht."

„darf ich so vermessen sein, zu fragen, warum?" kieselbach war verwundert über sich. wie schnell konnte man doch situationsgebunden seine ausdrucksweise ändern.

„sie dürfen," sagte der alte herr, „weil es sich um polizeiliche ermittlungen handelt und ich daran interessiert bin, so schnell wie möglich ein ergebnis zu sehen." konsul ackermann schob sein kaum berührtes zanderfilet beiseite und stützte sich mit beiden armen auf den tisch. augenblicklich erschien der livrierte und räumte den verschmähten hauptgang ab.

„typen wie müther sind schmeißfliegen. sie existieren von dem, was die einen können, nämlich fußball spielen, und von dem, was die anderen besitzen, nämlich kapital. sie bringen leute zusammen, die ohnehin zusammen kämen und kassieren dabei ordentlich ab. obendrein machen sie die ganzen verhandlungen natürlich noch komplizierter, als sie ohnehin schon sind. und franz-josef müther ist ein musterexemplar dieser gattung von schmarotzern und fallenstellern."

„schützen sie nicht auch manchmal die aktiven davor, von ihren vereinen über den tisch gezogen zu werden?"

„hin und wieder schon, junger mann. aber ich sage immer, wer zu dämlich ist, seinen marktwert halbwegs richtig einzuschätzen und einigermaßen sinnvolle verhandlungen mit seinem arbeitgeber zu führen, der hat es verdient, wenn er ordentlich draufzahlt. man kann doch nicht sein leben lang spekulieren, das einem ständig die verantwortung für sein eigenes handeln abgenommen wird. muß jeder, der zu dumm ist, einen wagen um die nächste kurve zu steuern, gleich einen chauffeur gestellt bekommen?"

„müther wird das natürlich ganz anders sehen."

„der knabe kann das sehen wie er will, bei uns hat er jedenfalls hausverbot und bei etlichen anderen vereinen auch."

der kommisar seufzte unbestimmt und beendete sein syrisches lammfilet. etwas feineres hatte er bisher noch nicht gegessen.

als desserts servierte der livrierte, wie bestellt, eine glasierte fruchtroulade mit quitten, maulbeeren und äpfeln für den vereinsvorsitzenden und eine ´kandierte angelika´ für den beamten. kieselbach wußte nicht, worum es sich dabei handelte, aber schließlich hieß seine älteste schwester angelika. wieder gab es keinen fehler und innerlich zog der kommissar den hut vor seiner immer noch fehlerfreien bedienung.

„wann haben sie das letzte mal mit torsten gesprochen?"

„am mittwoch abend in der kabine, direkt nach dem spiel. die stimmung war natürlich großartig. torsten hatte zwei phänomenale tore erzielt und alle waren auf wolke sieben. wenn wir das spiel verloren hätten, wäre der aufstieg auch rechnerisch nicht mehr möglich gewesen. und mit einem mal war die erste liga wieder zum greifen nah, wegen torsten. ich habe ihm gesagt, das er sich für den fall unseres aufstieges zusätzlich zu seiner prämie einen wagen seiner wahl auf meine kosten bestellen kann."

das superhirn erschien mit einer gemischten käseplatte, die von zwei pikkolos getragen wurde. der konsul winkte ab, kieselbach nahm anstandshalber zwei würfel, die in dunkelgrüne olivenblättern verpackt waren.

kaum hatte er diesen letzten gang beendet, platzierte der livrierte zwei cognacschwenker vor seinen gästen.

„meine lieblingsmarke," kommentierte der vereinsvorsitzende. „und fast so alt wie ich. zum wohl."

nicht ein einziger fehler, dachte kieselbach, als er seine nase in das riesige glas steckte. das aroma reichte aus, um alle nasennebenhölen frei zu bekommen. trotzdem schmeckte der schnaps überraschend mild.

„eine persönliche frage, herr konsul." der kommissar merkte, wie ihm von innen her warm wurde. „essen sie jeden tag in dieser art?"

„wenn es die zeit erlaubt, ja," entgegnete der alte herr. „wissen sie, meine frau ist vor knapp drei jahren gestorben, und ich bin ein miserabler koch. dies war unser lieblingsrestaurant und daher habe ich es gekauft. war für mich die einfachste lösung."

auch eine art, probleme zu beseitigen, dachte kieselbach, während sie das lokal verließen. das essen war außerordentlich gewesen, aber noch mehr hatte ihm die leistung des superhirns imponiert.

„mit dem gedächtnis hätte der mann doch etwas anderes werden können als oberkellner," bemerkte der kommissar anerkennend, nachdem er sich für die einladung bedankt hatte. „mathematiker, schauspieler oder schachgroßmeister."

der konsul grinste. „können sie noch ein geheimnis bewahren, junger mann?"

„denke schon," antwortete kieselbach.

„dann verrate ich ihnen, das alle unsere leute im dienst leistungsfähige diktiergeräte aus japan benutzen; das macht eindruck und erhöht das trinkgeld enorm. aber nicht weitersagen." winkend ging der konsul hinüber zu seinem rolls.

feierabend

die dämmerung hatte bereits lange schatten auf die landschaft gelegt, als der kommissar im großen, jetzt menschenleeren fährhafen von lübbenau eintraf. sein vater hatte den flachen, hölzernen kahn mit der wochenware für den ´bunten hecht´ längst beladen und saß wartend auf einer der holzbänke, die tagsüber den zahlenden gästen gehörten.

„ging nicht eher," sagte kieselbach junior, löste die kurze leine am heck und tauchte das knapp vier meter lange rudel in die abendschwarze spree.

„kein problem," antwortete der vater und zog an seiner kurzen pfeife. jeden donnerstag, punkt acht, war große materialfahrt, dann, wenn der touristenstrom versiegt war und normalerweise konnte er sich auf seinen sohn verlassen. nach acht gab es selten etwas zu tun im spreewald, auch für die polizei. selbst die ganoven hatten sich dem herrschenden lebensrhythmus angepasst und so eine sauerei, wie ausgerechnet mit grabow, war hier seit menschengedenken nicht mehr vorgekommen.

auch wenn diese fahrt nicht mehr als routine war und kaum mehr als eine halbe stunde dauerte, vater und sohn genossen diese kurzen augenblicke. in den wald und auf dem fluß war wieder ruhe eingekehrt, nach der geschäftigkeit des tages und alles gehörte wieder ganz alleine den eingeborenen. nicht das vater und sohn irgendetwas gegen touristen hatten, ganz im gegenteil, man lebte schließlich von ihnen, aber natur war halt am schönsten ohne menschliche konkurrenz.

„schon irgendwas rausgefunden?"

kieselbach junior schüttelte den kopf. gemächlich passierten sie frankes bootsverleih. zwei jugendliche zogen die letzten kanus an land und verstauten sie im bootshaus. „nichts konkretes. einen korb voll dreckiger wäsche, aber das war's."

sie bogen nach links in den südumfluter ein, passierten die brücke, die auf den langen, schmalen und birkengesäumten fuß- und radweg hinaus nach leipe führte und trieben zügig auf die hauptspree zu.

urplötzlich, auf dem halbem weg dorthin, flammten am linken ufer, auf einem kleinen, noch unbebauten grundstück, das man von lübbenau aus noch zu fuß erreichen konnte, scheinwerfer auf. gleißend helles licht zerriß die dämmerung und zwei stockentenpaare, die in der uferböschung unterschlupf gefunden hatten für die nacht, stoben in wilder flucht davon.

„was'n hier los?" murmelte vater kieselbach und blickte seinen sohn fragend an.

„keine ahnung." der kommissar zog sein rudel aus dem wasser und inszpizierte mit kritischem blick die taghelle szene. neben einer schlanken ulme war ein fast mannshohes holzkreuz in den boden gerammt worden, an dem ein ´energie´-trikot mit der rückennummer 5 hing; darunter lagen dekorativ einige blumensträuße und ein schwerer kranz in vereinsfarben. mitten in dieser kulisse stand eine dreiköpfige personengruppe, die mit mikrophonen hantierte; direkt davor, mit den rücken zum wasser, befanden sich zwei kameramänner. der eine kniete, der andere stand.

ein reporter in gedecktem anzug, ewald frenken, der trainer von ´energie´ und oleg maslov, der mannschaftkapitän, begannen auf ein zeichen des knienden filmmenschen zu sprechen. was sie redeten, war nur unvollständig zu verstehen, die entfernung zwischen kahn und drehort war noch zu groß. nur satzfetzen drangen zu den kieselbachs hinüber: ´hier am tatort,´ hörten sie den reporter sagen und frenken antwortete mit ´großem verlust für die mannschaft, den verein und den fußball´. maslov sprach als letzter und noch leiser als die anderen und dazu in gebrochenem deutsch.

„fahr doch näher ran," raunte vater kieselbach. sein sohn schüttelte energisch den kopf.

„wenn die mich erkennen, hab ich sofort das nächste interview an der backe, ne danke." vorsichtig stemmte er das rudel in den an dieser stelle weichen spreeboden und schob den kahn zurück auf die flußmitte. natürlich hätte auch er gerne gehört, was gesprochen wurde und in erfahrung gebracht, warum dieses interview gerade hier stattfand, luftlinie mindestens vier oder fünf kilometer entfernt vom wirklichen fundort der leiche.

„ich denke, grabow lag im hochwald und nicht da drüben," kommentierte sein vater prompt, als sie wieder außer hörweite waren.

„dichterische freiheit wahrscheinlich." sein sohn zuckte mit den achseln.

„aber nicht korrekt," mäkelte der alte vom anderen ende des kahns.

„stimmt, aber wer kann das in hamburg oder münchen schon beurteilen?" energisch bog der kommissar nach rechts auf die hauptspree ein, die jetzt, in der späten dämmerung, beinahe wie teer in richtung norden floß. „oder glaubts du, das alle aufnahmen aus dem irakkrieg auch wirklich aus dem irak stammen? einiges ist doch mit sicherheit in hollywood vorproduziert worden."

„die sollen ja sogar bei der mondlandung gemogelt haben, die amis," murmelte vater kieselbach. „angeblich waren ja treckerspuren vor der landefähre."

„na, dann erklär mir mal, wie der trecker auf den mond gekommen ist."

feuer von allen seiten

kieselbach schlürfte seinen heißen morgenkakao und blickte kopfschüttelnd in den ´blitz-kurier´, den sein bäcker ihm zum zweiten mal kostenlos mit auf den nachhauseweg gegeben hatte. was honecker sich für diesen tag aus den fingern gesogen hatte, war der absolute gipfel der unverfrorenheit.

´polizei tappt im dunkln´, lautete die fettgedruckte überschrift. in kleineren lettern darunter stand: ´keine heiße spur im mordfall grabow´. und bei der lektüre des anschließenden artikels musste der kommissar lernen, das er mit seiner gestrigen offenheit und naivität ein gewaltiges eigentor fabriziert hatte.

´hauptkommissar kieselbach, chef der wasserschutzpolizei in lübbenau, und damit automatisch leiter der untersuchungen im fall grabow, erklärte dem ´blitz-kurier´ gegenüber, das die polizei, auch noch zwei tage nach dem abscheulichen mord an deutschlands größtem fußballtalent, sowohl im bezug auf tathergang als auch tatmotiv keine schlüssigen aussagen machen kann. alle bisherigen untersuchungen, so der verantwortliche beamte, sind im sande verlaufen. natürlich, verbrechen, und gerade solche, denen eine ausführliche planung zugrunde liegt, sind sicherlich schwer aufzuklären. aber gerade deswegen stellt sich die frage, ob die brave wasserschutzpolizei, die sich ansonsten um verirrte touristen, gekenterte kähne und dergleichen kümmert, mit einem kapitalverbrechen dieser tragweite nicht überfordert ist und ob nicht besser, in derartigen fällen, spezialisten von außerhalb zu rate gezogen werden sollten, um eine beschleunigte aufklärung zu gewährleisten.´

in diesem stil ging es eine halbe seite lang weiter und am ende musste sich beim leser unweigerlich der eindruck einstellen, das es sich bei der wasserschutzpolizei um eine truppe handelt, die von glück sagen kann, wenn sie aus eigener kraft den weg zurück auf die wache findet. kieselbach knüllte das revolverblatt zu einer massiven kugel und feuerte sie, begleitet von mehreren flüchen, quer durch die geräumige wohnküche. das geschoß prallte an der spaghettizange über der spüle ab, tropfte auf die arbeitsplatte und blieb schwerfällig neben der kaffeemaschine liegen.

kieselbach stand auf, stieg die schmale hühnerleiter hinauf in sein nicht gerade geräumiges, angeschrägtes schlafzimmer und während er seinen blauen dienstpullover anzog, überlegte er, an welcher stelle die spree tief und breit genug war, um diesen monsterjournalisten endgültig zu versenken.

„schon gelesen?" erkundigte sich kollege heidmann, als sein vorgesetzer ungewohnt missmutig die wache betrat, und hielt ihm den frischen ´blitz-kurier´ unter die nase.

„an deiner stelle würde ich das abo kündigen," schnauzte der chef, „und zwar auf der stelle."

„läuft auf meine frau," gab heidmann zurück. „die hat sich selbst geworben und dafür eine friteuse abgestaubt, da is nix mit kündigen vor ablauf von einem jahr. außerdem," fügte er hinzu, „was sollen wir sonst lesen, die prawda vielleicht?"

„von mir aus die sonderangebote vom aldi," knurrte der dienststellenleiter und verzog sich in sein büro.

auf seinem platikschreibtisch fand er die angeforderte krankenakte von torsten grabow, doktor meier-henneberg hatte ihn nicht vergessen; daneben lag ein noch druckfrisches fax aus hamburg. der text war knapp und eindeutig:

´erneute änderung im vertrag torsten grabow. mit wirkung von heute, dem 20. mai, erlischt auf wunsch des versicherungsnehmers die begünstigung für frau biggi seimetz. neue begünstigte seit dem 20. mai ist frau patricia krewel. sorry für die kleine fehlinformation von gestern, aber das schreiben ist erst vorgestern bei mir eingetroffen und konnte leider nicht direkt bearbeitet werden.´

als anlage hatte die sachbearbeiterin eine kopie der von torsten grabow handschriftlich verfaßten änderung beigefügt. wenn alles echt war, dann hatte der profikicker am 18. mai, genau zwei tage vor seinem tod erneut seine lebensversicherung geändert.

lukas kieselbach blickte hinunter auf den frisch gepflasterten kirchplatz. schon wieder wechselten eine million euro ihren besitzer. warum ausgerechnet jetzt? und wussten die betroffenen damen wirklich nichts von diesem wechselspielchen? zwei rentner erschienen unten auf der straße, die bei bubner, dem bäcker, ihre morgenbrötchen geholt hatten. rentner müsste man sein, ging es kieselbach durch den kopf, die konnten in ruhe frühstücken und die morgenzeitung studieren, ohne gleich auf die palme zu gehen.

das telefon holte kieselbach zurück in die wirklichkeit.

„metzger," blaffte eine herrische stimme am anderen ende der leitung. „haben sie diesen wunderbaren artikel in unserem käseblatt schon gelesen, oder soll ich ihnen eine kopie zukommen lassen?"

als ob die reportage selbst nicht schon genug gewesen wäre. kieselbach atmete tief durch und bemühte sich einigermaßen dienstlich zu klingen.

„der artikel liegt uns vor."

„na wunderbar, wenigstens etwas, das vorliegt," spottete der staatsanwalt; kieselbach hatte schon mehrfach das zweifelhafte vergnügen einer persönlichen begegnung mit dem ehrgeizigen juristen gehabt und konnte sich genau vorstellen, wie er jetzt hinter seinem schreibtisch in cottbus hockte und schäumte. der mann war nicht sonderlich groß, leicht übergewichtig und immer, wenn er sich aufregte, lief sein kahlköpfiger schädel puterrot an; und doktor erwin metzger regte sich gerne auf, das war allenthalben bekannt. er gehörte zu denen, die mit der wende herübergespült worden waren, von einem tag auf den anderen. leider wurde nur zu schnell klar, das sich nicht nur die guten für den osten beworben hatten. versorgungsfälle, glücksritter und karrierebehinderte waren überall in den verwaltungen und behörden eingefallen und hatten jene positionen besetzt, vor allem auf der leitungsebene, die der westen dem osten und seinen leuten nicht mehr zutraute. die justiz hatte dabei natürlich ganz besondere möglichkeiten geboten. und erschwerend kam hinzu, das man diese läuse, die man einmal im pelz hatte, leider nicht wieder los wurde.

„und wieso kommt dieser schmierfink dazu, derartig unverschämte behauptungen aufzustellen?" kein ´guten tag´, kein ´wie geht's´, sondern gleich die volle breitseite.

das erhöhte die arbeitsfreude. enderleins bewertung nach dem letzten aufeinandertreffen mit dr. metzger war eindeutig. ´der typ ist so charmant wie ein umstürzender brückenpfeiler´.

„keine ahnung," antwortete der kommissar. „ich hab ihm den artikel nicht diktiert."

„hat er vorher mit ihnen gesprochen?"

„kurz."

„wie kurz?"

„ein paar sätze, völlig belangloses zeug, ich habe die zeit leider nicht gestoppt."

„muß ja ungeheuer belanglos gewesen sein, wenn ein solcher schwachsinn dabei herauskommt. glückwunsch, kieselbach. was glauben sie, warum wir bei der staatsanwaltschaft und auch in ihrer behörde überall pressesprecher haben? gut ausgebildete und erfahrene leute, die wissen, was sie sagen und die vor allem wissen, was sie besser nicht sagen. was glauben sie, warum wir diese leute beschäftigen und bezahlen?"

„sie werden es mir sicherhlich gleich verraten," knurrte kieselbach und spielte kurzfristig mit dem gedanken, den hörer auf die gabel zu knallen.

„genau," blaffte der jurist. „damit leute wie sie nicht laufend irgendwelchen blödsinnn verzapfen, junger mann. merken sie sich für die zukunft eines, - wenn sie demnächst von irgendeinem pressefutzi zu irgendeiner sache befragt werden, dann halten sie einfach die klappe und schicken die typen zu uns, verstanden? das ist eine dienstliche anweisung, klar?"

„klarer geht´s kaum."

„außerdem möchte ich in kürze ergebnisse sehen. hier in cottbus und auch anderswo schlagen die wellen der begeisterung auch ohne solche pressekommentare schon hoch genug. und ich will diese häßliche geschichte so schnell wie möglich von meinem schreibtisch haben, bevor das ganze beginnt, richtig zu stinken."

„wie darf ich das verstehen?" erkundigte sich der wasserschutzmann.

„ja, sind sie so naiv, oder tun sie nur so?" ereiferte sich der jurist am anderen ende der leitung. „glauben sie etwa, dieser grabow ist nur so, aus versehen, ins jenseits befördert worden? sport ist big business, da geht´s um millionen. schauen sie sich doch die leiche mal etwas genauer an, das war kein mord, das war eine hinrichtung, so arbeiten auftragskiller, das sind mafiamethoden."

„mafia?" fragte kieselbach ungläubig, „hier im spreewald?"

„sie werden es wahrscheinlich nicht glauben, aber diese herrschaften verfügen über teure autos, helicopter und flugzeuge," belehrte ihn der jurist, „und phantasie, quasi über all das, was wir nicht haben. und sie können mit diesen dingen auch fabelhaft umgehen. schalten sie also ihr hirn ein und liefern sie resultate, sonst sehe ich mich wirklich bald gezwungen, das zu tun, was dieser schmierfink fordert."

„und das wäre?"

„fachleute von außerhalb anzufordern und sie wieder rudern zu schicken. ich hoffe, wir haben uns verstanden." es machte klick und die verbindung war tot.

der dienststellenleiter atmete tief durch und schüttelte den kopf. die beiden rentner hatte sich getroffen und begannen mitten auf der straße in aller seelenruhe zu erzählen. rentner müsste man sein. leider waren es noch schlappe dreißig jahre bis dahin, nach heutigem stand. aber wer konnte heute schon genau sagen, wie es in dreißig jahren um die rente bestellt sein würde.

kieselbachs rentenüberlegungen wurden durch ein kurzes und heftiges klopfen unterbrochen. missmutig knurrte er ´herein´, die tür flog auf und honecker, ausgerechnet attila honecker betrat live und in farbe den nüchternen raum. ihm voran wehte ein wenig dezenter geruch von schweiß, abgestandenem rauch und knoblauch.

„na, dem täter schon auf der spur?" flachste er völlig unbefangen, griff einen der beiden noch freien bürostühle und nahm unaufgefordert platz.

für eine sekunde dachte kieselbach an seine dienstpistole, die in griffnähe im obersten fach seines schreibtisches schlummerte. außer bei den vorgeschriebenen schießübungen war die waffe bisher noch nicht zur anwendung gekommen. das konnte sich innerhalb der nächsten sekunden ändern.

„ich hoffe, du bist nicht eingeschnappt, wegen heute morgen," fuhr das monster fort. „war vielleicht ´n bisschen dick aufgetragen. aber was will man machen, irgendwie muß die zeitung ja voll werden."

„und wenn uns der stoff ausgeht, dann machen wir uns selbst welchen, oder?" fragte der kriminalist gereizt.

„gar nicht so abwegig," konterte der pressemann, „eure kollegen von der feuerwehr machen das schon lange so."

stimmt, musste kieselbach zugestehen, irgendwo im süddeutschen waren zwei feuerwehrleute gefasst und überführt worden, die seit jahren brände gelegt hatten, um sie anschließend löschen zu können.

„dann wärst du mit sicherheit mein erster fall."

„na, na," antwortete der dicke, „wer wird denn so nachtragend sein? eigentlich bin ich hier, um das kriegsbeil zu begraben, und der lieben polizei vielleicht etwas auf die sprünge zu helfen."

„bist du zum samariter-hilfsdienst gewechselt?"

„ich bin der chef," grinste der dicke. „aber vorher brauch ich erst mal ´ne tasse kaffee für herzkranke. gibt´s so was bei euch?"

kieselbach schüttelte den kopf, „tee oder mineralwasser.“

„in der reihenfolge,“ sagte der reporter und wischte sich mit einem taschentuch, das bestimmt seit ewigen zeiten keine waschmaschine mehr gesehen hatte, die schweißnasse stirn ab.

kieselbach setzte teewasser auf und reichte honecker ein randvolles glas selters. ein kurzer schluck und der dicke schob es rülpsend zurück auf den schreibtisch.

„laß noch mal die luft raus,“ ordnete er an. kieselbach füllte nach und mußte plötzlich grinsen. für einen augenblick stellte er sich attila honecker als gast in der ´alten spree´ vor.

„also,“ begann der dicke dann ohne weitere vorrede, „fakt ist, das grabow vor einiger zeit eine ziemliche prügelei im training hatte, mit allem drum und dran, veilchen, dicke lippe, angeknackste rippe und so weiter.“

„grabow hat dresche gekriegt?“ fragte der kommissar ungläubig.

„nicht zu knapp.“

„von vitali klitschko oder wem?“

„ha, von hörter, seinem vorgänger. der hat dem bengel mal ganz kurz gezeigt, wo die glocken hängen. der alte mann ist daraufhin für einen monat vom training suspendiert worden und mußte fünftausend euro strafe bezahlen, obwohl er die schlägerei nicht provoziert hatte. hörter ist danach fast völlig ausgerastet und hat dem konsul eine fette beule in seinen schicken rolls-royce getreten. und vertrauenswürdige leute wollen nachher auch morddrohungen gegen torsten grabow gehört haben.“

„hast du dafür zeugen?“

„sicher.“ der dicke nickte, „mehr als eine handvoll.“

„wo?“

„direkt bei ´energie´. kein furz, der nicht irgendwann auf meinem schreibtisch landet.“

kieselbach blickte das unikum auf dem nur für norm-
gewicht zugelassenen stuhl kopfschüttelnd an. attila honecker fühlte sich herausgefordert und legte aus dem
stegreif ein kleines grundsatzreferat zum thema ´die
macht der medien´ hin.

„schau mal, die meisten jungs im kader haben ehrgeiz
und wollen sich für höhere aufgaben empfehlen, erste
liga, ausland, da wo das ganz große geld bezahlt wird.
´energie´ ist für viele nur ein sprungbrett. aber," honecker
hob seinen wurstigen rechten zeigefinger, „aber dazu
braucht man nicht nur gute leistungen, sondern vor allem
eine gute presse. die meisten leute glauben nämlich nicht,
was sie selbst auf dem spielfeld sehen, sondern das, was
sie in der zeitung darüber lesen, schwarz auf weis. außerdem, was nützt dir bei verhandlungen die gute stimmung
auf der tribüne. erst eine gedruckte meinung ist eine richtige meinung. und auf die verlässt sich auch dein neuer
arbeitgeber im goldenen westen oder süden."

„das heißt also, leute wie du stellen quasi arbeitszeug-
nisse aus."

„du hast es erfasst, mein lieber." der dicke grinste. „na
ja, und wer ein gutes zeugnis haben will, der muß auch
hier und da mal was für die presse tun, sonst fallen die
aktien. ob deine leistung wirklich gut war oder nicht,
darüber entscheiden wir letztendlich am schreibtisch oder
die leute vom fernsehen mit ihren bildchen und nicht die
zuschauer im stadion. und wenn du monatelang top-
leistungen bringst und kein schwein berichtet darüber,
dann war die ganze wühlerei für die katz. ohne presse
wird doch kein schwanz auf dich aufmerksam."

„das heißt, wer groß rauskommen will, muß dir von
zeit zu zeit irgendwas erzählen, je schräger desto besser."

„volltreffer, so funktioniert das geschäft," bestätigte
attila honecker schwer atmend. „übrigens, das wasser
kocht."

„und wer genau hat dir das mit der schlägerei und der beule im rolls royce gesteckt?" erkundigte sich kieselbach und schaltete die zischende maschine ab.

„na, wer wohl?" fragte der pressemann großspurig zurück während sein gastgeber mit wasser, teebeutel und tasse hantierte. „torsten grabow höchstpersönlich. hatte ein wunderbar blaues auge, der junge. ich habe einen beweis seiner unendlichen einsatzfreudigkeit für ´energie´ daraus gemacht."

„stimmt," erinnerte sich der kommissar. irgendwann hatte es im ´blitz-kurier´ ein portraitphoto von torsten grabow mit veilchen und entsprechendem untertitel gegeben, ´nur die harten kommen in den garten´, oder so ähnlich.

„du glaubst also, dieser hörter hat seinen besten feind aus rache umgelegt?"

„in den usa legen sie leute aus lauter langeweile um," antwortete der rasende reporter und begutachtete durch seine fingerdicken brillengläser den dampfenden tee.

„hast du noch mehr so schoten auf lager?" erkundigte sich kieselbach.

„du solltest dich vielleicht mal erkundigen, für wen das große talent in der nächsten saison vor die lederkugel getreten hätte."

„der konsul behauptet, torsten grabow wäre bei ´energie´ geblieben, wenn sie die erste liga geschafft hätten."

„und wovon träumt dieser konservenfürst nachts?" fragte honecker respektlos. „hier auf der provinzbühne mag der alte immer noch der große zampano sein, mit seinem rolls und seiner feinen villa, aber im internationalen geschäft steht der feine herr ackermann doch nackig in den erbsen. was er dem jungen bieten konnte, zahlte doch jeder italienische club lächelnd aus der portokasse."

„im klartext, grabow wollte weg."

„worauf du dich verlassen kannst; mit seinem talent gehörte er auf größere bühnen."

„und wer waren die interessenten?"

honecker zuckte mit den achseln. „man munkelt was bayerisches, aber italien und spanien sollen auch ganz groß im rennen gewesen sein. und gegen keinen einzigen hätte der konsul anstinken können."

„und von wem ist dieser tipp?"

„nichts genaues weiß man nicht," antwortete attila honecker, kippte seinen leicht abgekühlten tee hinunter wie einen doppelwacholder, wuchtete seine überflüssigen kilos in die höhe und watschelte zur tür.

„wenn sich was neues ergibt, meldest du dich, gell?"

„ich werde den teufel tun," antwortete kieselbach.

„ach, du alte mimose." der dicke winkte ab. „das nächste mal mache ich aus dir sherlock holmes, ehrenwort." die tür klappte geräuschvoll zu und kieselbach blickte einigermaßen gebügelt aus dem fenster. die rentner waren weg.

die medizinmänner

kieselbach ließ sich für zehn uhr einen termin bei doktor meier-henneberg geben, packte grabows krankenakte ein und machte sich auf den weg.

für doktor zorn, den alten pathologen im spreewaldkrankenhaus, benötigte er keine voranmeldung. erstens war der alte mann so gut wie immer vor ort und zweitens setzte seine kundschaft ihn nicht mehr unter druck.

„es wäre mir eine große hilfe, wenn sie einen blick auf die krankenakte von torsten grabow werfen könnten, herr doktor, wir nicht-fachleute sind da chancenlos."

„tja, so ist die medizin," antwortete der weißhaarige arzt und lächelte. er hockte in seinem neongefluteten souterrain-büro, umgeben von regalen und vitrinen in denen die relikte eines knapp dreißigjährigen medizinerlebens lagerten, embryos, abgeschnittene finger, raucherlungen und ähnliche spezialitäten in formalin. „nur nicht in die karten gucken lassen. wäre wahrscheinlich hier und da für manchen kollegen auch ganz schön peinlich." prüfend blätterte er durch den fingerdicken stapel computergeschriebener bögen, auf denen sich hin und wieder handschriftliche zusätze befanden.

„beachtlich, was da alles so zusammenkommt," erklärte er, „für etwas equivalentes braucht ein normalsterblicher ein ganzes leben, oder eine chronische erkrankung. ein fußballer schafft das in vier jahren."

„bis wann können sie das ganze durchgeforstet haben?"

„da sind noch zwei leichen und jede menge papierkram," erklärte der pathologe nachdenklich. „rufen sie mich am späten nachmittag an. falls ich sensationen entdecke, werde ich mich melden."

„ach so, herr doktor, noch eine kurze frage, was sind erythrozyten?"

„nichts besonders, mein lieber," antwortete der arzt mit einem leichten lächeln. „erythrozyten sind unsere rote blutkörperchen, und davon besitzt jeder von uns vier bis fünf millionen. warum wollen sie das wissen?"

„an einer stelle in der akte steht, das die erythrozytenwerte bei grabow ziemlich hoch waren. ist das gefährlich?"

doktor zorn schüttelte den kopf. „durch höhentraining kann man den anteil der roten blutkörperchen kurzfristig steigern, aber der körper baut diesen überschuß schnell und problemlos wieder ab. sehr zum ärger vieler sportler, denn die erythrozyten transportieren den sauerstoff."

die fahrt hinüber in die ufo-klinik dauerte kaum mehr als fünf minuten, doch zwischen dem spreewaldkrankenhaus und der klinik für sportverletzte lagen welten. bei normalsterblichen taten es einfachfliesen und linoleumböden, für sportler und andere besserverdienende hatte das leben eine designerausstattung vorgesehen. wenn die unterschiede bei den behandlungen ebenso krass waren, dachte kieselbach, dann blieb nur drei alternativen, entweder leistungssport zu betreiben, nie krank zu werden oder ganz schnell viel geld zu machen.

der kommissar meldete sich an der stahl- und marmorrezeption, wurde augenblicke später von einer sehenswerten schwester abgeholt und einen kurzen gang hinuntergeführt, auf dem ein gutes dutzend mannshoher palmen in massiven holzkübeln für dschungelatmosphäre sorgte. rechts und links zwischen den palmen befanden sich türen, hinter denen sich die sprechzimmer der ärzte lagen.

der behandlungsraum von doktor meier-henneberg maß mit sicherheit hundert quadratmeter und erhielt tageslicht durch eine gläserne decke und eine enorme fensterfront zum park. das ganze glich mehr einer turnhalle als einem praxisraum.

der arzt saß halb verdeckt hinter einer umfänglichen computerapparatur in fensternähe. jetzt, ohne op-verkleidung, konnte kieselbach den mediziner besser in augenschein nehmen. er war inzwischen weit jenseits der fünfzig, wenn man der presse glauben durfte; aber so, wie er jetzt dasaß, mit vollem, tiefschwarzem haar und faltenfreien gesichtszügen, ging er höchstens für ende dreißig durch. in fachkreisen galt er als wunderheiler. verletzte sportler aller sparten und nationen pilgerten zu ihm, ließen sich generalüberholen und machten kurze zeit später schon wieder positive schlagzeilen. insgesamt wirkte der mann freundlich, aber gestresst.

„wie kann ich ihnen weiterhelfen, herr kommissar?" fragte er mit dem tonfall eines menschen, der notorisch unter zeitdruck steht.

„es geht noch einmal um ihren patienten torsten grabow. wenn ich die akten einigermaßen verstanden habe, dann wurde er nicht nur alleine von ihnen behandelt, richtig?"

der arzt nickte. „meine kollegen und ich haben uns den patienten geteilt, wenn sie diesen ausdruck gestatten, je nachdem was anlag und wer zur verfügung stand. wir sind ein team von fachleuten und jeder hat sein gebiet. der eine ist spezialisiert auf gelenke, der andere auf muskulatur und so weiter."

„dann war es also nichts ungewöhnliches, wenn grabow die ärzte wechselte?"

„richtig, es kam immer drauf an, was anlag."

„und, lag bei dem jungen viel an?"

„im gegenteil," antwortete die koryphäe. „er hat uns recht wenig kummer bereitet, weniger als die meisten anderen seiner mannschaftskameraden. bei ihm kamen mehrere positivfaktoren zusammen. er ernährte sich vernünftig, er verfügte über wesentlich mehr bewegungstalent als der großteil seiner kollegen, das beugt verletzungen in erheblichem maße vor, er hatte kaum vorschädigungen aus der jugend und besaß darüber hinaus eine sehr robuste konstitution. medizinisch gesehen, war er ein absolutes glückskind und hätte es sportlich wahrscheinlich sehr weit gebracht, wenn diese üble sache nicht passiert wäre. für uns ärzte gab es bei torsten grabow eigentlich nicht viel zu doktern und zu verdienen."

„er kam aber trotzdem regelmäßig zu ihnen in die behandlung?"

„richtig. aber zu neunzig prozent wegen irgendwelcher kleinigkeiten, einer prellung oder so. irgendetwas bekommen sie heute bei jedem spiel ab, denn irgendwie ist heute fast jedes spiel ein endspiel, egal ob sie nun im tabellenkeller stehen, mittendrin, oder an der spitze. entsprechend wird zur sache gegangen. bei torsten waren die meisten behandlungen überwiegend präventiv." der mediziner bearbeitete ein keyboard und blickte abwechselnd auf zwei bildschirme, während er sprach.

„bei vernünftiger vorsorge kann man sehr viele verletzungen schon im vorfeld abwenden, bevor sie überhaupt erst entstehen. leider haben das viele sportler, trainer und funktionäre noch immer nicht begriffen. die meisten leute meinen, ärzte sind nur dafür da, wenn etwas kaputt ist."

mit wachsendem tempo hackte der mediziner auf seinem keyboard herum, das vor ihm lag; parallel dazu veränderten sich die datenleisten und graphiken auf den beiden monitoren.

„hatte torsten grabow irgendwelche chronischen beschwerden oder krankheiten?"

„absolut nicht," sagte die kapazität kopfschüttelnd, „das wäre uns mit sicherheit aufgefallen."

„noch eins, herr doktor, was sind erythrozyten?"

meier-henneberg blickte den kommissar verwundert und beinahe belustigt an. „erythrozyten sind unsere roten blutkörperchen, feste bestandteile in unserem blut, um den sauerstoff zu binden. ohne sie läuft gar nichts."

„und wenn wir zu viel von ihnen haben?"

„das kommt im normalfall so gut wie nie vor. wenn, dann baut der körper sie selbständig wieder ab, solange er gesund ist."

„wenn ich richtig verstanden habe, dann transportieren die roten blutkörperchen also den sauerstoff?" wiederholte kieselbach. der mediziner nickte geduldig.

„wer also als sportler mehr rote blutkörperchen hat, der kann auch mehr sauerstoff binden, richtig?"

„genau," sagte der arzt.

„und wer mehr sauerstoff aufnehmen kann, der kann auch mehr leisten, im sportlichen sinne?"

„auch richtig," entgegnete der arzt. „sauerstoff ist der ´sprit´ für unseren körper. aus diesem grund absolvieren viele spitzensportler insbesondere im ausdauerbereich immer wieder ein höhentraining, ruderer zum beispiel und langstreckenläufer, um die anzahl ihrer roten blutkörperchen zu erhöhen. leider hält die wirkung nur sehr bedingt vor."

„hat torsten grabow höhentraining absolviert?"

„kann sein, wenn, dann aber mit der gesamten mannschaft," sagte der mediziner. „am besten, sie fragen den trainer."

„kann man den effekt von höhentraining auch durch andere dinge erreichen?"

der mediziner blickte jetzt wirklich erstaunt von seinem keyboard auf.

„gibt es einen speziellen grund für diese fragen?"

kieselbach nickte. „an einer stelle in ihrem bericht findet sich ein kurzer hinweis auf einen erhöhten anteil von erythrozyten in torstens blut."

„möglich," antwortete meier-henneberg. „das ist der erwünschte effekt des höhentrainings. für fußballer eigentlich aber völlig sinnlos, da der effekt, wie gesagt, nur einige tage anhält."

„ist dieser effekt auch anderweitig zu erreichen?"

„mit sehr viel aufwand, ja," antwortete der arzt. „zum beispiel durch simulation von sauerstoffmangel in eigens dafür geschaffenen druckkabinen. ist unheimlich kompliziert und kostspielig, wurde aber zum beispiel gern in der ehemaligen ddr bei den schwimmern angewandt, mit großem erfolg."

„sonst noch möglichkeiten?"

„durch manipulation von blut."

„das wäre dann doping," sagte der kommissar.

„haben wir in den letzten jahren im radsport erlebt und wird wahrscheinlich auch jetzt noch betrieben." doktor meier-henneberg nickte zustimmend und beugte sich vor. „diese letzte äußerung bleibt aber unter uns, herr kommissar."

„die presse erfährt von mir kein wort." der kriminalist lächelte schwach. „und doping dieser art wird hier natürlich nicht betrieben?" fragte er dann gerade heraus.

doktor meier-henneberg unterbrach die arbeit auf seiner tastatur und blickte seinen gast ziemlich nüchtern an.

„wenn man uns in dieser klinik auch nur einen einzigen dopingfall nachweisen könnte, herr kommissar, nur einen einzigen, dann wäre nicht nur mein ruf ruiniert, dann wäre mit sicherheit die gesamte klinik augenblicklich erledigt und könnte eingeebnet werden. und dafür, ich hoffe, das leuchtet ein, habe ich diesen laden nicht aufgebaut."

„einleuchtend," kieselbach nickte. „ich wollte ihnen mit meiner frage auch nichts dergleichen unterstellen. aber wir sind leider gezwungen, jeder noch so vagen möglichkeit nachzugehen, um den fall aufzulösen."

„sie haben meine volle unterstützung. schließlich war torsten nicht nur irgendein patient. er war ausgesprochen beliebt bei allen, die ihn kannten. einige hier im haus sind wirklich geschockt. sie können mich getrost dazurechnen."

„glaub ich ihnen aufs wort," antwortete der kommissar und erinnerte sich an die zitternden hände des mediziners.

„sie würden also sagen, medizinisch war torsten grabow absolut okay?"

„unbedingt, abgesehen von den üblichen blessuren nach einem spiel."

„und ein selbstmord aus medizinischen gründen ist auszuschließen?"

„was verstehen sie denn darunter, herr kommissar?"

„nun, manche leute begehen spontan selbstmord, nachdem sie erfahren haben, das sie unheilbar erkrankt sind, krebs, aids oder so."

„gute idee, herr kommissar, aber torsten grabow war weder unheilbar krank noch sonst irgendwie körperlich geschädigt, das kann ich als sein behandelnder arzt mit absoluter sicherheit auschließen. dafür haben wir ihn hier oft genug durchgecheckt, routinemäßig, mindestens jedes halbe jahr, von kopf bis fuß." sagte der mediziner. „und außerdem hat man am tatort auch keine schußwaffe gefunden, oder?"

„die hätte irgendjemand, der zufällig vorbeikam, mitgehen lassen können."

„möglich ist natürlich alles." der arzt blickte den polizisten zweifelnd an. „ich habe allerdings noch von niemandem gehört, der einen ausgedehnten waldlauf unternimmt, mit einer schußwaffe in seiner trainingshose, um sich dann mitten auf der strecke zu erschießen. ich glaube, auf selbstmord zu spekulieren, macht keinen großen sinn, egal, ob spontan oder geplant. ich denke, der junge wurde ermordet, warum auch immer."

„denke ich auch," sagte der kommissar.

potsdam und mailand

knapp eine halbe stunde später parkte der kommissar seinen wagen ein zweites mal vor dem wohnblock, in dem patricia krewel wohnte.

das mädchen sah gefasster aus als bei seinem ersten besuch und war dabei, ihre koffer zu packen.

„ich werde zu meiner mutter fahren. sie hat ein haus in der nähe von oberstdorf. vielleicht bekomme ich da ein wenig abstand zu der sache. hier ist das unmöglich. vielleicht bleibe ich auch gleich ganz da," fügte sie hinzu.

„und ihr job?"

„hotels gibt es überall," sagte patricia krewel. „die saison hat gerade erst begonnen und geschultes personal wird immer gesucht. in unserer branche gibt es keine großen probleme, wenn man sich verändern will. ich hatte ohnehin schon gekündigt."

„sie haben gekündigt?"

„schon vor vier wochen."

„und wieso, wenn ich fragen darf?"

das mädchen setzte sich in den alten ohrensessel und fixierte kieselbach mit ihren großen, dunklen augen. beinahe wäre er ihrem blick ausgewichen.

„sie hätten es früher oder später ohnehin erfahren," begann patricia krewel.

„was hätte ich erfahren?"

sie seufzte und ihre augen begannen zu glänzen. „torsten und ich wären im nächsten monat nach italien gegangen."

„nach italien?" kieselbach bekam große ohren. „urlaub?" erkundigte er sich reichlich naiv.

sie schüttelte den kopf.

„jetzt, wo torsten tot ist, braucht man ja kein großes geheimnis mehr daraus zu machen."

„woraus?" kieselbach ahnte, was kam.

„torsten hat vor knapp vier wochen einen dreijahresvertrag in mailand unterschrieben."

„donnerwetter," entfuhr es dem ehemaligen landesligakicker. „mailand? nicht schlecht."

patricia krewel nickte. ihr gesicht war blaß und es sah nicht so aus, als ob sie in der vergangenen nacht viel schlaf gefunden hätte.

„das ganze hat sich abgespielt wie in einem mafiafilm. sie haben torsten über monate heimlich beobachten lassen. danach hat ein mittelsmann still und heimlich kontakt zu ihm aufgenommen. von da an kam es dann zu mehreren treffen, aber nicht irgendwo in einem restaurant oder einem hotel, das war den italienern viel zu auffällig. raten sie mal, was die gemacht haben.“

„keine ahnung,“ antwortete der kommissar, „aber sie werden es mir sicherlich gleich verraten.“

er wußte sofort, nachdem er diesen standardsatz heruntergerasselt hatte, das ihm ein ziemlicher schnitzer unterlaufen war; anstatt einigermaßen interesse zu zeigen, hatte er zu einer floskel gegriffen, die nicht dazu geeignet war, das gespräch zu entspannen und voranzubringen. kieselbach hätte sich ohrfeigen können.

„sie haben sich auf einer yacht getroffen und den vertrag ausgehandelt,“ erklärte die junge frau dann auch kurz, trocken und ohne besondere betonung.

„und wo lag die yacht?“

„irgendwo in der nähe von potsdam, immer an einer anderen stelle.“

„war müther dabei?“

patricia krewel schüttelte den kopf. „gerade der sollte auf keinen fall wind von der sache bekommen.“

„warum nicht?“

„weil er die verhandlungen nur wieder unnötig kompliziert hätte.“

„wieso ´wieder´?“

„na ja, im letzten jahr hat müther mit zwei erstligavereinen und einem spanischen club verhandelt und alle drei sachen sind in die hose gegangen, weil er sich so dämlich angestellt hat.“

„woher wissen sie das?"

„torsten hat es mir erzählt. er wollte sich unbedingt von seinem sogenannten manager trennen und der wechsel nach mailand war die ideale möglichkeit dazu."

„waren sie bei den verhandlungen mit den italienern dabei?"

„von anfang an."

„warum, wenn ich fragen darf?"

„weil ich etwas ahnung von arbeitsverträgen habe, und italienisch spreche," antwortete das mädchen. ihr gesicht wurde blasser und sie senkte den kopf, um ihre tränen zu verbergen. „und weil torsten mir vertraute."

„und wie ist es dann weitergegangen?"

„am vorletzten wochenende, direkt nach dem spiel, sind wir mit einem privatjet nach italien geflogen worden. noch in der nacht hat torsten dann den fertigen vertrag unterschrieben."

„einen echten, rechtsgültigen arbeitsvertrag?" erkundigte sich kieselbach.

das mädchen nickte. „mit grundgehalt, zusatzprämien und sogar mit einer klausel für die nationalmannschaft, wenn es einmal so weit kommen sollte."

„damit war das thema ´energie´ und müther erledigt."

„komplett."

„haben müther und der konsul davon erfahren?"

„torsten hat müther informiert."

„wann?"

„am letzten mittwoch, nach dem 4:1 gegen in bielefeld."

„also am abend vor der tat."

particia krewel begann zu weinen.

„wie hat müther reagiert?"

„er hat getobt. der masseur hat ihn gerade noch zurückhalten können, sonst wäre er auf torsten losgegangen."

„und der konsul? hat er es auch dem konsul gesagt?"

das mädchen schüttelte den kopf. „davor hatte er einen riesenbammel, weil er dem konsul eigentlich alles verdankte."

„inzwischen müsste der konsul aber informiert sein, oder?"

„wahrscheinlich," antwortete die junge frau. tränen liefen das blasse gesicht hinunter. kieselbach war als polizeibeamter jetzt fehl am platze, als mann leider auch. hilflos stand er auf.

„wenn es möglich ist, komme ich heute nachmittag noch einmal vorbei. es gibt da noch einen punkt, den wir besprechen müssen."

patricia krewel nickte.

es war ziemlich wenig, was man für andere tun konnte, wenn es wirklich hart auf hart kam, dachte kieselbach und ging. und beinahe wäre er ein zweites mal in die mülltonnen gelaufen.

die korrektur

um zum trainingsgelände von ´energie´ zu gelangen, mußte der kommissar einmal quer durch cottbus. und je mehr er sich dem zentrum näherte, desto größer wurde sein wunsch, noch einmal der herrenboutique ´esquire´ und ihrer besitzerin einen besuch abzustatten.

die seimetz sah ihn genervt an, als er durch die gläserne ladentür trat.

„und?" fragte sie, „haben sie ihren killer?"

„zwei," antwortete kieselbach.

„wie witzig," gab die boutiquendame zurück. sie trug ein hautenges, giftgrünes seidenkleidchen, das erst an den knöcheln endete. mittig hatte es allerdings einen schlitz, der fast bis zum bauchnabel reichte. direktmarketing, vermutete kieselbach.

„dann mal scherz beiseite." sein gesichtsausdruck wurde dienstlich.

„alles was sie wollen," sagte die dame.

mit sicherheit nur eine frage des preises, schätzte der polizist.

„wo waren sie vorgestern zur tatzeit, so zwischen elf und zwei?"

„glauben sie, das ich torsten erschossen habe? trauen sie mir so etwas zu, herr kommissar?" fragte die dame mit unschuldigem augenaufschlag.

im leben nicht, dachte kieselbach. mit deinen fingernägeln ist es völlig unmöglich, den abzug einer pistole zu betätigen; aber er behielt diese weisheit für sich.

„wenn sie mir nur die frage beantworten würden."

„ich war außerhalb, von ungefähr acht uhr bis drei, durchgehend. manche kunden bestehen auf anlieferung frei haus."

„und so etwas gibt es bei ihnen?"

„natürlich," entgegnete die angemalte schnippisch. „der kunde ist könig."

„hat dieser könig auch einen namen?"

„name, anschrift und telefonnummer, alles, was sie wollen." umständlich schrieb die boutiquendame die notwendigen daten auf eine geschäftskarte und reichte sie mit spitzen fingern dem kommissar.

„der herr ist unternehmer. ich hoffe, sie bringen die nötige diskretion bei ihrer rückfrage auf."

„wir haben unsere spezialisten für derartige fälle, frau seimetz." kieselbach bewegte sich auf die tür zu. wie in einem amerikanischen krimi blieb er im letzten moment stehen und drehte sich noch einmal um.

„ach, übrigens, wissen sie, das torsten grabow einen tag vor seinem tod die lebensversicherung geändert hat?"

„wie bitte?" frage die modedame.

„ihr freund torsten grabow hat sie als begünstigte aus seiner lebensversicherung streichen lassen. schriftlich und rechtsgültig."

biggi seimetz erstarrte und blickte kieselbach an wie ein wesen aus einer anderen welt.

„sagen sie das noch einmal," stammelte sie.

„mit vergnügen." der kommissar grinste. „und zum mitschreiben. die million aus der lebensversicherung von torsten grabow wird nicht an sie, sondern an patricia krewel ausbezahlt. die police wurde zwei tage vor seinem tod geändert."

„dieses biest," kreischte die seimetz und trat den mülleimer neben der registrierkasse um. im hohen bogen landete er samt inhalt in der schaufensterdekoration.

„wahrscheinlich hat sie ihm wieder erzählt, das sie ein kind von ihm bekommt." fauchte die giftgrüne geschäftsfrau.

„wieso 'wieder'?" fragte kieselbach zum zweiten male heute.

„nun, diese unschuld vom lande hat torsten schon einmal weisgemacht, das sie schwanger sei. der junge hat daraufhin völlig abgedreht und wollte das miststück sogar heiraten."

„und?"

„nichts 'und'. die feine dame war dummerweise gar nicht schwanger, alles nur warme luft und torsten hat die hochzeit platzen lassen; er war ziemlich sauer."

„kann man verstehen," murmelte der kommissar.

„und jetzt hat sie bestimmt den gleichen trick noch einmal ausgepackt. ausgesprochen mutig," sagte die seimetz mit spöttischer anerkennung.

„wieso mutig?"

„ganz einfach." die boutiquendame grinste boshaft. „patricia krewel kann keine kinder kriegen, nie."

100

„und das wissen sie ganz zufällig?" antwortete kieselbach.

„nicht nur zufällig, sondern genau. schließlich kenne ich ihren frauenarzt," antwortete die dame in giftgrün.

„was sie nicht sagen."

„einer meiner besten kunden," fügte sie mit einem eindeutigen lächeln hinzu. „und die adresse ist auch kein geheimnis."

die welt ist ein dorf, dachte kieselbach, und verließ mit der anschrift des unternehmers in der hand die boutique.

die fahrt zur firma, einem mittelständischen reinigungsbetrieb in klein-glagow, dauerte kaum zehn minuten, das gespräch mit ihrem inhaber nicht einmal halb so lang; danach war die modedame aus dem schneider.

der masseur

hubert konzack war ein überaus großer, breitschultriger mann, bestimmt ende fünfzig, mit schütterem blondem haar. trotz seines alters hielt er sich kerzengerade und wäre mit sicherheit ebenso als preisboxer und catcher wie als masseur durchgegangen. wer in seine finger geriet, der spürte es wahrscheinlich auch.

sein arbeitsplatz befand sich im ersten stock des 'energie'-hauses, das direkt hinter dem 'stadion der freundschaft' lag, in einem sterilen, weißen raum voll mit medizinschen apparaturen, massagegeräten, pritschen und zwei großen medizinischen wannen. es roch nach ätherischen ölen und heilmitteln.

die profis, hatte kieselbach gesehen, absolvierten draußen im stadion eine lockere trainingseinheit. der masseur war für den moment ohne kundschaft und brachte sein reich in ordnung. salben wurden aufgefüllt, neue bandagen in einen medizinschrank eingeräumt und die papierkörbe geleert. kieselbach durfte sich auf eine der dunkelgrünen pritschen setzen und ließ seine beine baumeln.

„was für ein typ war grabow eigentlich?" fragte er.

„fußballerisch oder menschlich?" kam es zurück.

„menschlich."

„och, eigentlich ein sehr umgänglicher. ruhiger als die meisten."

ähnlich wie du, dachte der kommissar und machte sich darauf gefaßt, jede einzelne information, die er haben wollte, auch einzeln abfragen zu müssen.

„hat grabow ihnen auch private dinge erzählt?"

„das tun sie alle, früher oder später, wenn sie hier auf der massagebank liegen; man kann nicht immer nur über fußball reden."

„und, hat torsten ihnen in der letzten zeit irgendetwas besonderes erzählt?"

„ist das ein verhör?" erkundigte sich der mann in weiß mürrisch.

„wir können eins draus machen, wenn ihnen das lieber ist," antwortete kieselbach freundlich. „wir suchen den mörder eines mannes, den sie gut gekannt haben und der ihnen eventuell, direkt oder indirekt, hinweise auf den täter oder den täterkreis gegeben haben könnte."

es sah so aus, als ob das schwergewicht die sache von dieser warte aus noch nicht betrachtet hatte.

„okay," sagte der riese. „was wollen sie wissen?" er setzte sich auf einen schemel und blickte kieselbach auffordernd an.

„sie waren mit in bielefeld?"

der hüne nickt.

„und was war nach dem spiel in der kabine los?"

„die hölle, natürlich, auch in meinem raum. ich habe einige von den jungs regelrecht an die luft setzen müssen. alle haben gesungen wie die fischerchöre und laufend kam irgendwer mit sekt oder ähnlichem vorbei, so als hätten wir den aufstieg schon in der tasche."

„und dann?"

„torsten kam als letzter zur massage. klar, er mußte interviews geben und hände schütteln, ohne ende; halt das übliche affentheater, wenn du der held bist."

„war müther auch da?"

„klar. keine feier ohne geier. das arminiaspiel hatte den marktwert von torsten mindestens noch mal um fünfzig prozent gesteigert. bares geld, vor allem für einen spielervermittler."

„und dann ist es zum eklat gekommen?"

„sie sind ja genauestens informiert, herr kommissar."

„wir tun unser bestes." kieselbach hob vielsagend die hände.

„müther wollte gerade irgendwelchen tralala von einem seiner amerikatrips erzählen. aber dann hat torsten ihm gesagt, das er einen vertrag unterschrieben hat." der catcher redete wirklich kein wort zuviel.

„in mailand," ergänzte kieselbach.

„wenn sie wissen, was passiert ist, warum lassen sie mich die ganze geschichte noch mal erzählen?" maulte konzack.

„weil ich gerne geschichten höre, am liebsten aus erster hand, darum."

„na gut," fuhr der masseur fort. „müther ist natürlich aus allen wolken gefallen. er ist zuerst rumgesprungen wie rumpelstielzchen und dann wollte er alle einzelheiten wissen. und als er dann merkte, das die sache wirklich in trockenen tüchern war, ohne ihn, da ist er ausgerastet. diese halbe portion wollte torsten glatt an die gurgel."

„und?"

„bei mir gibt es keine prügeleien," sagte der masseur mit der catcherfigur. „ich hab den kleinen vesucht zu beruhigen; und weil das nicht klappte, ist er achtkantig rausgeflogen."

„hat er noch was gesagt?"

„klar, zum beispiel, das er uns beide umbringen würde."

„und, haben sie die drohung ernst genommen?"

„sie sehen, ich lebe noch."

„aber torsten grabow ist tot."

„meinen sie im ernst, das dieser cowboyverschnitt den jungen umgelegt hat?" fragte der riese ungläubig.

„um das herauszufinden, bin ich hier. im moment ist er der einzige, der ein vernünftiges motiv hat, und für die meisten morde gibt es ein motiv."

„wenn sie meinen," sagte der masseur lakonisch.

„warum sind sie mit der geschichte nicht gleich zu uns gekommen?" fragte der kommissar.

„was hier drinnen gesprochen wird, ist privat. egal was. davon geht kein wort nach draußen. das wissen die jungs. sonst würde sich bald keiner mehr mit mir unterhalten. hier werden die muskeln und die seele massiert," antwortete der mann in weiß.

„auch der konsul erfährt nichts?"

„kein wort."

„und der trainer?"

„auch nicht"

„und die presse?"

„das wären die letzten, die von mir etwas erführen."

„aber der konsul ist inzwischen informiert über den transfer?"

„keine ahnung," antwortete der riese. „ist doch jetzt ziemlich belanglos, oder?"

kieselbach nickte. „eine frage noch. hatte torsten grabow irgendwelche gesundheitlichen probleme?"

„mit was?" kam es erstaunt zurück.

„das frage ich sie."

„torsten war fit wie ein turnschuh, der fitteste der ganzen truppe. keiner war schneller; und sämtliche belastungstests hat er als bester absolviert."

„nahm torsten grabow dopingmittel?"
der masseur schaute ihn argwöhnisch an.

„worauf wollen sie hinaus?"

„auf nichts. ich möchte nur wissen, ob torsten grabow dopte oder nicht."

„ich glaube, der wußte nicht mal, das so etwas existiert. ne, torsten auf keinen fall. hatte er auch nicht nötig."

„ach so, noch eins." im letzten augenblick fiel dem kommissar die frage wieder ein. „hat torsten grabow in letzter zeit ein höhentraining absolviert?"

der masseur nickte und grinste. „und ob. frenken hat die jungs in den vergangenen wochen immer mal wieder bis unter das neue tribünendach gescheucht, knapp hundert stufen rauf und dann wieder runter. das nennen die jungs 'höhentraining'."

„danke," sagte kieselbach.

„keine ursache," brummte der masseur.

abschlußtraining

im stadion mit der neuen tribüne, die aufgrund ihrer immensen kosten durchaus umstritten war, kickten die profis immer noch. alle beteiligten schienen ihren spaß zu haben. es wurde gelacht und hin und wieder zeigte einer aus der truppe ein technisches kabinettstückchen, auf das er im alles entscheidenden match morgen wahrscheinlich verzichten würde.

hartwig hörter spielte als einziger nicht mit. einsam und allein zog er seine runden um die eckfahnen. auf

105

seiner trainerbank hockte ewald frenken mit zwei stopp-
uhren und einem notizbuch, in das er wahrscheinlich die
von hörter gelaufenen zeiten eintrug.

der altstar trainierte intervalle, das mieseste was es für
einen fußballer gibt; kieselbach konnte sich lebhaft an
diese torturen erinnern. dreißig meter sprint, hundert meter aktive trabpause, dann wieder dreißig meter sprint;
und das ganze bis zum erbrechen. eigentlich blanker
wahnsinn einen tag vor dem großen finale. der trainer
wußte hoffentlich, was er seinem spieler da antat.

hartwig hörter schnaufte wie eine alte dampflok, als er
mit riesenschritten an kieselbach vorbeistampfte. die
laufbewegungen wirkten weder sonderlich elegant noch
kraftvoll und der blick des liberos war stier geradeaus
gerichtet. der kommissar empfand mitleid mit dem alten
mann, der in wirklichkeit ein jahr jünger war als er selbst.

zwei runden später winkte der profi ab, trabte ein paar
meter aus und warf sich auf den rasen.

ewald frenken klappte sein notizbuch zu und blickte
den kommissar frustriert an.

„wir werden auf angriff spielen müssen, auf teufel
komm raus, damit die abwehr bloß nicht unter druck
gerät."

„wird er durchhalten?"

„er muß, wir haben keinen anderen. sparmaßnahmen
der vereinsführung. wie immer am falschen ende. aber
auf unsereinen hören sie immer zuletzt. aber wehe, die
presse schreibt, der trainer muß weg. die druckerschwär-
ze ist noch feucht, da hat man dich schon gefeuert." frenken war seit fast zwanzig jahren im geschäft und konnte
wahrscheinlich ein lied von diesen spielchen singen.

„warum haben sie hörter dann für vier wochen vom
training suspendiert?" fragte kieselbach.

„nicht meine idee," antwortete der trainer, ohne überrascht zu sein. „geschah auf veranlassung vom konsul

106

persönlich. das fußvolk wird natürlich nicht gefragt; und jetzt geht allen der arsch auf grundeis."

„sie haben ihm also nicht die vier wochen sperre aufgebrummt?"

„nö, die jungs werden fürs laufen bezahlt und nicht fürs rumsitzen," antwortete frenken und erhob sich von seiner bank. „ich muß jetzt zu den anderen," erklärte er. „wenn sie noch mit hörter sprechen, dann sagen sie ihm, das für heute schluß ist. er soll sich duschen und dann zum massieren gehen."

ohne besondere eile bewegte sich kieselbach über den jetzt zum ende der saison schon reichlich ramponierten stadionrasen. der altstar hatte sich inzwischen aufgerichtet, doch er war immer noch deutlich von den strapazen seines intervall-trainings gezeichnet.

kieselbach reichte dem altprofi die hand und half ihm wieder auf die beine.

„frenken sagt, sie können für heute schluß machen."

hörter grinste. „ich wäre sowieso keinen einzigen schritt mehr gelaufen, weder mit ball noch ohne; morgen geht es um die wurst, nicht heute."

„und wie sind die chancen?"

„fußball ist 'ne wundertüte, da weiß man nie, was man kriegt," orakelte der ehemalige mannschaftskapitän. „und außerdem, ich stehe nicht allein auf dem platz; wenn sie mir garantieren, das unsere grünschnäbel sich nicht schon vorher in die hosen machen, dann haben wir gute chancen; aber wehe, die helden kriegen das große nervenflattern, dann dürfen sie beten, kommissar."

„wird schon schiefgehen," sagte kieselbach und erinnerte sich an die jahre, in denen hörter woche für woche absolut solide spiele abgeliefert hatte. in diesem einen jahr auf der ersatzbank konnte er doch unmöglich alles verlernt haben.

„sie haben sich vor einiger zeit mit torsten grabow im training geprügelt?"

„na ja, sagen wir mal so," erklärte der recycelte libero mit einem müden lächeln. „wir haben uns mal gründlich die meinung gesagt."

„warum?"

„immer dieselbe kiste, herr kommissar. der jugendliche held macht sich lustig über den alten mann, und der alte wehrt sich. torsten begann das ganze tamtam um seine person allmählich zu kopf zu steigen und an diesem tag sind die pferde mit ihm durchgegangen. er hat mich zweimal böse von hinten umgetreten, einfach so, weil er den anderen zeigen wollte, wer der stärkste im team ist." hörters miene verfinsterte sich. „na ja, und dann blieb mir leider nichts mehr anderes übrig, als dem jungen klarzumachen, wer hier hammer und wer hier amboß ist; aber die anderen standen fast alle auf seiner seite, klar, und haben mich in die mangel genommen, damit der große held in aller ruhe zuschlagen konnte. ich habe mich natürlich gewehrt und einige sind dabei ganz schön unter die räder gekommen; torsten am ende auch. konzack und der doc hatte danach einiges zu tun. die grünen jungs haben inzwischen vielleicht schnellere beine, aber im hirn und im ärmel fehlt's bei den meisten noch ganz gewaltig. und dann sollte man sich besser nicht mit erwachsenen anlegen."

kieselbach musste grinsen. hörter war zweifelsohne sehr erwachsen, mehr als einen meter neunzig hoch und proportional auch entsprechend breit und tief. wer sich mit ihm anlegte, musste über sehr viel selbstvertrauen verfügen.

„und was war anschließend los?"

„dreimal dürfen sie raten. zuerst wollten sie mir eigentlich fristlos kündigen, aber frenken war dagegen, weil er kaum noch einsatzfähige spieler hatte. später haben sie mir dann dreitausend euro geldstrafe aufgebrummt und mich für vier wochen vom training ausgesperrt. war wohl ein echtes eigentor, diese maßnahme."

„hatten sie haß auf grabow?"

„ich hätte ihn...," der altmeister stoppte und verschluckte den rest des satzes.

„...umbringen können," vervollständigte kieselbach an seiner stelle.

„na ja, das sagt man halt so im eifer des gefechtes." hörter lächelte verlegen. „nach zwei, drei tagen war die ganze sache eigentlich schon wieder schnee von gestern. oder glauben sie im ernst, ich habe torsten grabow über den haufen geschossen? ich hab nicht mal eine pistole."

„die kriegen sie heute an jeder vernünftigen schule," antwortete kieselbach sarkastisch. „aber glauben hilft in unserem job nicht weiter, die staatsanwaltschaft und die gerichte verlangen handfeste beweise."

hartwig hörter atmete tief durch und trocknete sein schweißbedecktes gesicht.

„übrigens, wenn es sie interessiert; der konsul hat mir gestern einen neuen vertrag für die nächste saison angeboten, wenn wir den aufstieg schaffen sollten. ´er würde an mich glauben´, und solche sprüche. toll, was?" spottete das alte schlachtroß.

„glückwunsch," antwortete kieselbach halbherzig. „und was wird mit ihnen, wenn die sache morgen in die hose geht?"

der altprofi zuckte mit seinen breiten schultern. „dann werden sie mich wahrscheinlich zum sündenbock machen und in die wüste schicken. wenn ich glück habe, kann ich dann vielleicht noch zwei oder drei jahre durch die oberliga tingeln. gibt auch gutes geld und ist weniger anstrengend."

„und wenn es mit dem fußball ganz vorbei ist?"

„ich bin dabei die trainerlizenz zu machen. mal sehen, was sich so ergibt."

„na dann, viel erfolg." polizist und fußballer reichten sich die hände. morgen nachmittag würde hörter wahrscheinlich in das schwerste und wichtigste spiel seines lebens gehen. gewannen sie, würde man ihm vielleicht ein denkmal setzen; für den fall einer niederlage würden sie ihn kreuzigen.

veränderungen

es war fünf uhr nachmittags, als kieselbach zum zweiten mal an diesem tag bei patricia krewel erschien. sie war leicht geschminkt und machte einen gefaßteren eindruck als am vormittag.

der kommissar hielt sich nicht lange mit der vorrede auf, er wußte nicht, wie lange die junge frau dieses mal belastbar war.

„wissen sie, das torsten kurz vor der tat seine lebensversicherung formgerecht zu ihren gunsten geändert hat?"

das mädchen blickte ihn weder erfreut noch überrascht an.

„die seimetz ist raus?" erkundigte sie sich tonlos.

kieselbach nickte. „und sie sind um eine million reicher. das ist amtlich und die änderung wird nicht anfechtbar sein."

„die zweite ´gute´ nachricht heute," murmelte patricia krewel, aber auch jetzt zeigte ihr blasses gesicht nicht die geringste spur von freude und erleichterung.

„wieso die ´zweite´?"

„torstens anwalt war vor einer stunde hier," sagte sie. „er hat mir mitgeteilt, das torsten mich noch kurz vor seinem tod als seine universalerbin eingesetzt hat."

„hat er vorher mit ihnen darüber gesprochen?"

„er hat etwas in dieser art angedeutet, aber ich wußte nicht, das er alles so wahnsinnig schnell erledigen würde."

„warum diese plötzlichen änderungen und diese eile?" fragte kieselbach und versuchte die nächste frage so harmlos wie möglich zu formulieren. „verstehen sie mich nicht falsch, aber saß ihm irgendwer im nacken? war er krank, oder fürchtete er in irgendeiner anderen art und weise um sein leben?"

das mädchen schüttelte entschieden den kopf und plötzlich verschwand die blässe aus ihrem gesicht.

„ich bin schwanger," sagte patricia krewel mit einem verlegenen lächeln.

„wie lange schon?"

das mädchen blickte ihn erstaunt an.

„im dritten monat," sagte sie zögerlich.

„wußte torsten grabow, das er vater wurde?"

„natürlich. vom ersten tag an. warum sollte ich ihm das kind verschweigen?"

„er wird also deswegen seine lebensversicherung und wahrscheinlich auch sein testament geändert haben?"

„schon möglich," sagte das mädchen mit dem madonnengesicht.

der kommissar erhob sich aus dem bequemen ohrensessel, in dem er nun schon zweimal gesessen hatte und wandte sich zur tür.

„eine frage noch, frau krewel. wo waren sie zur tatzeit?"

„im hotel, ich hatte frühdienst. das können mindestens zwei dutzend menschen bestätigen. warum?" besorgt blickte sie den kommissar an.

„reine routine," entgegnete kieselbach. nachdenklich verließ er das wohnhaus. sie war schwanger, obwohl sie nicht schwanger werden konnte, wie die seimetz behauptete, oder konnte sie doch? ein mann und zwei frauen, und nur eine konnte von seinem abgang profitieren. aber wer spekuliert bei einem kerngesunden fußballprofi und milchgesicht auf ein frühzeitiges ableben?

kieselbach hatte glück. er erwischte enderlein, gerade als dieser die wache verlassen wollte und enderlein war frei. kurz und knapp erklärte er ihm, was er im fall des toten profis inzwischen ermittelt hatte.

„es könnte nicht schaden, wenn wir die beiden damen, seimetz und krewel, für einige zeit im auge behalten. wenn der mord mit der lebensversicherung zu tun hat, dann hängt eine von ihnen mit drin. direkt wahrscheinlich nicht, aber fürs grobe lassen sich ja leute finden."

„vor allem, wenn man durch einen plötzlichen todesfall schlagartig um eine ganze million reicher werden kann."

„ich glaube ja nicht, das unsere dame vom hotelfach zu so einer sauerei fähig ist, aber die seimetz dürfte außer hängen schon fast alles hinter sich haben."

„okay," murmelte enderlein ohne große begeisterung, „dann werde ich kollegen minkner mal das wochenende versauen gehen."

observierungen waren nichts, worum man sich als ordnungshüter riß. in den fernsehkrimis wurden die beschattungsarien immer auf wenige sekunden zusammengeschrumpft und verliefen stets erfolgreich, weil sonst das publikum einschläft. in wirklichkeit dauerten diese aktionen oft ätzend lang und führten meist zu gar nichts. aber kieselbach war der chef, und was der chef anordnete, wurde gemacht.

„minkner ist junggeselle, dem tust du damit noch einen gefallen."

„wir sind alle junggesellen," antwortete enderlein.

„also, ich für meinen teil bin so gut wie verlobt," antwortete kieselbach energisch. leider schaffte die dame, von der er sprach, in berlin für einen abgeordneten aus dem hessischen und meist blieb für die beziehung nur ein mageres wochenende und oftmals nicht einmal das. aber hier in der lausitz konnte man sich die jobs nicht aussuchen. so wie ihnen beiden ging es vielen in dieser region.

„und das schon seit fünfzehn jahren," kommentierte enderlein, „herzlichen glückwunsch. ihr seid doch eher in rente als auf dem standesamt."

enderlein war dabei gewesen, als kieselbach seine herzdame kennengelernt hatte, auf einer fdj-feier am baggersee in boblitz damals. er, enderlein, spielte wie immer den disco-jockey vom dienst, der vorab sein programm und seine moderationen der fdj-leitung zur genehmigung vorlegen musste und kieselbach mimte den techniker. bloß nicht zu viele west-titel, dafür die phudys, silly, stern meissen und carat lautete die offizielle vorgabe; in zahlen: vierzig prozent west und sechzig prozent ost. kieselbach war an diesem abend irgendwie bei seiner andrea gelandet und enderlein hatte anschließend von den fdj-oberen ordentlich eins auf die mütze bekommen, weil er zwei heiße stücke von bruce springsteen aufgelegt hatte, die nicht im programmablauf vermerkt standen.

„und wenn sich was ergeben sollte?" fragte der ehemalige entertainer.

„sofort anrufen und dranbleiben. vielleicht haben wir glück."

„möglisch," sagte enderlein in breitem kölsch und verließ den raum. dialekte nachzumachen war sein hobby und seine auftritte auf den jährlichen polizeifesten in cottbus und senftenberg gehörten zu den höhepunkten der ansonsten recht biederen veranstaltungen. sogar aus franfurt/oder hatten sie ihn schon zu festivitäten angefordert.

fünfzehn jahre waren verrauscht wie nichts, zuerst geprägt durch die suche nach vernünftiger arbeit und dann durch die gefundene arbeit. und auch dieses wochende würde ausfallen, für familie kieselbach, großer parteitag in essen, und nicht nur die spitzen, sondern auch das fußvolk, inklusive andrea, mussten antreten. aber für dieses eine mal war die sache zu verschmerzen, denn morgen spielte ´energie´ um den aufstieg, und lukas kieselbach war im stadion; alte freunde aus cottbus hatten versprochen, ihn als zusätzliche sicherheitskraft einzuschleusen.

in der unterwelt

kurz nach mitternacht riß ihn das telephon aus dem schlaf. aber es war nicht andrea, die aus dem fernen ruhrgebiet anrief, sondern enderlein aus cottbus.

und es mußte wichtig sein, für eine bagatelle würde er seinen chef und freund nicht aus den federn holen.

„die seimetz hat vor zwei stunden besuch bekommen und es sieht so aus, als ob der sich bei ihr häuslich niederlassen würde, zumindest für die nacht. es brennt nur noch ein licht, und zwar im schlafzimmer,“ sagte er in einwandfreiem hochdeutsch.

„na und, die dame hat sich eben auf die schnelle einen neuen lover zugelegt, was soll´s? für die war grabow doch eh nur ein spielzeug oder die altersabsicherung.“

„mag sein, aber der neue lover hat andere qualitäten.“

„hat der herr sich bei dir vorgestellt, oder was?“

„war nicht nötig, die visage kennt man.“

„na, dann mach´s nicht so spannend. wer ist der glückliche?“

„unser freund stanislaus.“

„ach du dickes ei,“ fluchte kieselbach und war mit einem mal ganz wach. „stanislaus lewka?“

„genau der."

„ich denke, der sitzt noch?"

„dacht´ ich auch. aber so, wie´s aussieht, sitzt er jetzt bei der seimetz."

„keine verwechselung möglich?"

„keine," antwortete bert enderlein mit bestimmtheit. „diese fresse ist einmalig."

„gib mir eine halbe stunde."

„kein problem, chef, die nacht hat gerade erst begonnen."

der kommissar verzichtete auf blaulicht und sirene als er über die nächtliche, weißschimmernde autobahn in richtung cottbus jagte. stanislaus lewka, welcher polizist, anwalt, richter und justizvollzugsbeamte in der lausitz kannte diesen notorischen gangster nicht? grenzgänger, mit polnischem und deutschem paß, und auf beiden seiten mehrfach straffällig geworden; nötigung, einbruch, diebstahl, mit und ohne körperverletzung, ein banküberfall und zwei schießereien. das waren die sachen, mit denen er bisher aufgefallen war; was sonst noch, ungestraft, auf sein konto ging, ließ sich höchstens erahnen. eins stand allerdings diesseits und jenseits der grenze eindeutig fest: stanislaus lewka war gefährlich und würde höchstwahrscheinlich nicht in seinem bett sterben.

cottbus schlief tief und fest um diese uhrzeit. selbst in den riesigen wohnsilos rechts und links der einfallstraße waren nur noch eine handvoll fenster erleuchtet und verkehr auf den straßen war fehlanzeige.

kieselbach parkte seinen wagen direkt am anfang der mozartallee, unvorschriftsmäßig im absoluten halteverbot und schaute sich um. enderlein tauchte aus dem nichts auf und machte meldung.

„nichts passiert. vor zehn minuten ist im schlafzimmer das licht ausgegangen."

„na ja, irgendwann ist bei allen schluß," murmelte der kommissar. „möchte wissen, welcher wind die beiden täubchen zusammengebracht hat."

„keine ahnung, aber wir können uns bei den herrschaften ja mal erkundigen."

gemeinsam und ohne große begeisterung begaben sie sich zum haus mit der nummer 97, ein vier-familien-altbau mit zwei etagen. beide polizisten griffen in die ausgebeulten taschen ihrer jackets und entsicherten ihre dienstwaffen.

nach dem fünften klingelzeichen meldete sich eine undeutliche stimme über die gegensprechanlage.

„ja bitte?"

„kieselbach, polizei," sagte der kommissar.

„das ist doch wohl ein scherz, oder?" kam es ausgesprochen giftig zurück.

„um diese zeit sind wir nicht mehr für scherze aufgelegt, frau seimetz. wir würden gerne mit ihnen und herrn lewka sprechen."

für einige sekunden herrschte schweigen in der leitung.

„wir wissen, das herr lewka sich in ihrer wohnung befindet," schickte der kommissar nach. „wenn sie beide sich enorme scherereien ersparen wollen, dann öffnen sie jetzt bitte die tür."

nach einer weiteren kurzen pause summte der türöffner; kieselbach und enderlein betraten nacheinander und sich mit ihren pistolen gegenseitig sichernd den ganz in beigem marmor ausgelegten flur. wenn stanislaus lewka wirklich etwas mit der ermordung von grabow zu tun hatte, dann mußte man unter umständen auf alles gefaßt sein.

im ersten stock fanden sie eine etagentür, die um einen spaltbreit geöffnet war. die sicherungskette wurde beiseite geschoben und biggi seimetz empfing ihre späten gäste in einem leuchtend roten morgenmantel mit goldglänzenden japanischen motiven auf beiden ärmeln.

„hätte dieses affentheater nicht bis morgen früh zeit gehabt?" fragte die modedame genervt.

„unsere dienstzeit richtet sich ganz nach unserer kundschaft," erklärte enderlein und warf einen ersten blick in die wohnung. grelle tapeten und ein überdimensionaler spiegel empfingen die gäste.

stanislaus lewka saß in jeans und mit einem schneeweißen t-shirt bekleidet auf dem nierenförmigen wohnzimmersofa und machte einen rundherum zufriedenen eindruck, soweit dies mit seinem gesicht gelingen konnte. zwei narben von einer messerstecherei zierten die linke hälfte, die nase war mehrfach bearbeitet und zum schluß nicht mehr gerichtet worden.

„schau einer an, die herren kieselbach und enderlein," spottete die stadtbekannte unterweltgröße. „und das um diese uhrzeit. welch eine ehre."

„wer viel verdient, muß eben auch viel arbeiten," sagte der kommissar und lewka verzog sein gesicht ansatzweise zu einem grinsen.

„sie können die finger vom abzug nehmen, ich bin sauber," sagte er mit blick auf die schussbereiten waffen der polizisten; zur bestätigung hob er beide hände.

„fein," antwortete kieselbach, sicherte seine waffe und steckte sie weg. aus den augenwinkeln sah er, wie enderlein die hände vor seiner brust kreuzte, die pistole aber nicht aus der hand ließ.

„ich dachte, beim letzten mal hätten sie dich für länger aus dem verkehr gezogen," begann lukas kieselbach.

„die polnischen anwälte verstehen ihr handwerk," antwortete der berufsganove.

„wie schön," erklärte enderlein, „dann kann räuber und gendarm ja wieder von vorne beginnen. wetten, das wir wieder gewinnen?"

„kann ich ihnen irgendetwas anbieten, meine herren?" fragte der gangster, ohne auf die sticheleien einzugehen und in der manier eines vollendeten gastgebers.

„klar," antwortete kieselbach. „informationen."

„dann heraus mit den fragen." lewka war kaum mehr als mittelgroß, ausgesprochen muskulös, braungebrannt und selbstsicher.

„wo waren sie mittwoch vormittag, sagen wir, zwischen elf und zwei?"

„sie meinen in der zeit, als der große star von ´energie´ plötzlich und unerwartet in den fußballhimmel abberufen wurde?"

„genau."

„sie meinen also, ich könnte mit diesem häßlichen mord zu tun haben?"

„wenn sie das ausschließen könnten, wäre das nicht schlecht für sie, herr lewka," bemerkte kieselbach.

„sie wissen doch, das mord nicht mein ding ist, herr kommissar, und auch nie sein wird, außerdem bin ich ´energie´-fan und sogar vereinsmitglied."

„wie schön für den lausitzer fußball."

„tja," sagte stanislaus lewka und setzte ein schuldbewußtes gesicht auf, „dann werde ich wohl auspacken müssen."

kieselbach bemerkte wie enderlein die verschränkung seiner arme allmählich lockerte.

„am mittwoch morgen in der zeit von zehn bis mindestens vierzehn uhr," begann der vierschrötige gedehnt, „genau in dieser zeit, war ich in einer sehr angeregten unterhaltung mit ihren kollegen quinte und schmalbruch von der drogenfahndung, beide wollten mich unbedingt mit einer lieferung heroin in verbindung bringen, die sie ausgerechnet in einem leihwagen gefunden hatten, den ich einen tag zuvor gefahren haben soll. alles dummes zeug natürlich. aber ich bin sicher, das die herren quinte und schmalbruch meine anwesenheit im präsidium hier in cottbus bestätigen werden." grinsend lehnte sich der berufsgangster auf dem sofa zurück.

kieselbach griff zum handy und warf den kollegen quinte um genau zwei uhr morgens aus dem bett. eine minute später war diese vielversprechende spur gnadenlos im sande verlaufen.

pressefest

kurz nach sieben endeten kieselbachs fantastische träume. als libero von ´energie´ spielte er gegen eine komplette weltauswahl und brachte der reihe nach auch die renommiertesten stars zur verzweiflung. das publikum jubelte und schwenkte riesige fahnen; doch gerade als er zu einem satten torschuß ansetzte, meldete sich sein blödes telefon.

am anderen ende der leitung war schwegmann, ein kollege der streife; im hintergrund heulte eine feuerwehrsirene. das rot-weiße fahnenmeer vor kieselbachs innerem auge verschwand sang- und klanglos.

„hey, chef, hier tobt das chaos," brüllte der aufgeregte beamte in seinen hörer; trotzdem konnte man ihn kaum verstehen.

„wo?" fragte der kommissar.

„in burg. ein paar dutzend wahnsinnige sind hier randalierend durch den ort gezogen und haben dann ein haus in brand gesetzt. ich dachte mir, das könnte dich interessieren."

119

„mich? wieso?"

„na, die hütte, die jetzt brennt, gehört doch diesem spielervermittler, dem manager von grabow."

„müther?"

„genau der," schrie der beamte. „hier steht alles lichterloh in flammen. die feuerwehr hält voll drauf, aber stroh und holz brennen nun mal wie zunder. zum glück sind die nächsten häuser weit genug entfernt."

„unglaublich," stotterte der kommissar.

„zwanzig von den verrückten haben wir schon mit der grünen minna abtransportiert. der rest krakeelt noch auf der straße herum. wir haben verstärkung vom bundesgrenzschutz angefordert."

für einen augenblick dachte der kommissar an die mit viel mühe und noch mehr geld zusammengetragene inneneinrichtung der villa, dann fragte er: „und müther?"

„nicht zu finden; keine ahnung, ob der knabe noch im gebäude ist oder nicht. wir haben versucht, ihn über telephon und megaphon zu erreichen, aber er hat sich nicht gemeldet. wenn er jetzt noch drin sein sollte, dann wäre sowieso schicht. allerdings, wenn er rechtzeitig raus wäre aus seinem bau, glaube ich, dann hätte ihn die menge gelyncht."

„warum das denn?"

„du hast wohl noch keinen ´blitz-kurier´ gelesen, was?"

„scherzkeks, wann denn?"

„weiß ich, wann du aufstehst?" fragte schwegmann. „an deiner stelle würde ich ganz schnell mal einen blick auf die titelseite werfen." der rest war nicht mehr zu verstehen. im hintergrund rückte unüberhörbar ein weiterer löschzug der feuerwehr an.

„bis gleich," knurrte kieselbach und warf den hörer auf die gabel.

in t-shirt und turnhose schwang er sich auf seinen alten ddr-drahtesel und ratterte die kopfsteingepflasterte poststraße hinunter richtung bäcker.

„so früh schon auf den be_nen?" erkundigte sich die blonde bedienung hinter der theke, während kieselbach ziemlich außer atem einen ´blitz-kurier´ von der theke griff. fünf sekunden später wusste er, warum müthers anwesen in flammen stand.

´vom eigenen manager ermordet´ lautete die fett- und rotgedruckte überschrift auf seite eins; das kleine, schwarze fragezeichen dahinter diente lediglich der dekoration.

´billiger racheakt für mailandtransfer´ ergänzte der untertitel, und daneben befand sich ein portraitphoto von franz-josef müther aus jüngeren jahren. der nachfolgende artikel erläuterte en detail und mit angeblichen insiderinformationen gespickt, wobei jegliche quellenangabe natürlich fehlte, wie torsten grabow hinter dem rücken seines ansonsten cleveren managers selbständig einen wechsel zu inter mailand eingefädelt hatte. müther, dessen imposante villa weiter unten im artikel abgelichtet war, hatte versucht den deal rückgängig zu machen, weil er kurz vor vertragsabschluß mit einem spanischen club stand. es war zu heftigen auseinandersetzungen zwischen manager und schützling gekommen, mit dem resultat, das grabow den spielervermittler und provisionshai, so drückte sich honecker aus, fristlos an die luft setzte. müther habe das natürlich nicht hingenommen und seinem ehemals besten pferd im stall mit konsequenzen in jeder hinsicht gedroht, selbst mit mord. für diese vorgänge, so der ´blitz-kurier´, gäbe es zeugen.´

die straßen waren um diese uhrzeit, am samstag morgen, so gut wie menschenleer und lukas kieselbach brauchte nur knapp eine viertelstunde bis nach burg.

schon von weitem sah man tiefschwarzen rauch über dem ort aufsteigen und je näher er dem brandherd kam, desto mehr menschen standen, die meisten nur angetan mit schlafanzügen oder morgenmänteln, vor ihren häusern und blickten auf die tanzende rauchsäule.

der kirchweg war durch kollegen, feuerwehr und sogar bundesgrenzschutz vollständig abgeriegelt. lukas kieselbach, unrasiert, ohne frühstück und wenig vorteilhaft angezogen, mußte sich ausweisen und konnte dann mit seinem wagen bis auf knapp hundert meter an die villa des managers heran; danach war die schmale straße von einsatzfahrzeugen und drei löschzügen blockiert. die hooligans, von denen der kollege gesprochen hatte, waren entweder schon einkassiert worden oder sie hatten es vorgezogen zu verschwinden.

„insgesamt über dreißig festnahmen," berichtete schwegmann, während es die feuerwehr aus allen rohren, die zur verfügung standen, auf den brandherd regnen ließ. das, was sich die flammen nicht kriegen, holt sich das wasser, dachte kieselbach. schade um das wunderschöne haus; und die versicherung würde ihre helle freude.

„die meisten sind uns aber durch die lappen gegangen, weil die kollegen aus cottbus am anfang nur mit einem einzigen streifenwagen aufgekreuzt sind."

„wieso nur einer?" erkundigte sich kieselbach.

„personalmangel; und das, was zur verfügung stand, war anderweitig beschäftigt, sagen sie. zwei satte unfälle auf der autobahn, ein familiendrama in kolkwitz, ein einbruch in sachsendorf und schon war feierabend."

„na wunderbar," dachte kieselbach. irgendwann würde es bei der polizei auch ein nummernsystem geben wie bei ärzten und verbrechen dürften nur nach voranmeldung stattfinden. bis dahin mussten die verantwortlichen kollegen nobelpreisreife berichte einreichen, um halbwegs ungeschoren aus dem schlamassel herauszukommen.

von seinem standpunkt aus, der mauer eines nachbargrundstückes, konnte der kommissar erkennen, wie männer in schutzkleidung und mit massiven äxten in ihren erfahrenen händen auf das nur noch an zwei stellen brennende gebäude zuliefen, mit mächtigen hieben die verkohlte eingangstür einschlugen, um sich eintritt zu verschaffen.

„absoluter schwachsinn, da jetzt reinzugehen,“ erklärte schwegmann. „wenn müther bis jetzt da drin war, dann hat er´s wohl hinter sich. aber vielleicht hat er sich ja noch rechtzeitig aus dem staube machen können.“

„na hoffentlich,“ murmelte kieselbach und beobachtete, wie die beiden männer in das schwelende und rauchende gebäude eindrangen. sie trugen helme, gasmasken und schutzanzüge; trotzdem ein reines himmelsfahrtskommando. zwei ausgewachsene männer riskierten ihr leben und ihre gesundheit für die blödheit und unvernunft von einigen zeitgenossen, die sich durch ein paar gedruckte worte aufgefordert fühlten, racheengel und gerechtigkeit zu spielen. mit attila honecker würde er noch ein paar passende worte reden, das stand fest.

nach knapp einer stunde war der brand eingedämmt und unter kontrolle. die nachbarschaft hatte keinen großen schaden genommen, sah man vom beißenden brandgeruch ab, der jetzt in der luft hing. von müther hatte man trotz intensiver sucharbeiten keine spur gefunden. es blieb nur die hoffnung, das er sich beizeiten abgesetzt hatte. keiner der feuerwehrmänner war verletzt worden, auch nicht die beiden, die sich unter lebensgefahr in das hausinnere gewagt hatten, um eventuell ein leben zu retten.

kieselbach machte einen kurzen rundgang um die reste der ehemaligen luxusvilla. die grundmauern waren geschwärzt und durch die hitze gerissen, die holzpartien und der dachstuhl komplett verschwunden; und da, wo einst die chromblitzenden karossen gestanden hatten, befanden sich zusammengeschmolzene blechhaufen; die reifen waren zu klebrigen massen verschmolzen und die fensterscheiben zerplatzt. wer hier dringesteckt hatte, konnte unmöglich überlebt haben.

kieselbach stieg in seinen wagen und bugsierte ihn durch das spalier der unzähligen gaffer zurück in richtung lübbenau. dieser tag hat wahrhaftig gut begonnen; und heute nachmittag ging es für ´energie´ um alles oder nichts.

die managerstory

kieselbach parkte hinter sankt nikolai und sprang die kurze treppe zum gesicherten haupteingang hinauf. kollege heidmann blickte ihn über die hohe, weißgraue plastiktheke hinweg erleichtert an.

„na endlich,‟ murmelte er.

„wieso, na endlich?‟

„seit einer geschlagenen stunde versuche ich dich zu erreichen, aber nix is.‟

„und wieso?‟

„besuch für dich; ich hab den herrn ins besucherzimmer verfrachtet. sehr nervös der mann, vielleicht hat er schon die tischplatte angenagt.‟

kieselbach ahnte, wer auf ihn wartete und hatte recht.

müther hockte auf einem der einheitsstühle und starrte die bilderlosen wände an, bleich, nervös und noch kleiner und unscheinbarer als bei ihrem ersten zusammentreffen, trotz seiner wieder auffälligen kleidung; man sah ihm deutlich an, das er unter hochspannung stand.

„das ist also möglich in dieser feinen republik," begann der spielerberater ohne jede vorrede. „da wird einem einfach das dach über dem kopf angezündet und niemand tut etwas dagegen. das ist ja wie im wilden westen."

in seinem outfit, mit cowboyhemd, eng anliegenden jeans und hochhackigen stiefeln sah der manager allerdings auch so aus, als wäre er direkt von dort gekommen.

„mein glück, das ich frühaufsteher bin, sonst hätte mich der mob noch im bett überrascht. dann wär mir wahrscheinlich nur die große auswahl zwischen hängen oder verbrennen geblieben," lamentierte der mann.

„als ich um sechs uhr die zeitung in der hand hatte, habe ich mich sofort aus dem staub gemacht und ihre kollegen in cottbus vorgewarnt. die haben mich wahrscheinlich für verrückt gehalten. sie würden eine streife vorbeischicken, haben sie gesagt. eine streife." er lachte kurz und bitter. „hat wohl nicht viel genutzt, diese streife, was?" der manager sah so aus, als würde ihn gleich der schlag treffen und kieselbach ließ ihn reden.

„jahrzehntelang zahlt man seine steuern, pünktlich und vollständig und wenn man euch brüder dann wirklich braucht, kriegt ihr den hintern nicht aus euren beamtensesseln. die kollegen, die diese sache verbockt haben, dürfen mit einer saftigen anzeige und dienstaufsichtsbeschwerde rechnen, dafür werden meine anwälte sorgen, das schwöre ich ihnen. ich könnte jetzt längst tot sein."

müther war tatsächlich in panik und mit recht. dafür hatte der ´blitz-kurier´ ausgiebig gesorgt.

„ich verlange ab sofort personenschutz," fuhr der manager erregt fort. „wenn ich diesem aufgehetzten pöbel in die hände falle, macht der kurzen prozess mit mir."

damit war zu rechnen; leute, die in ihrer blinden wut häuser ansteckten, würden in ihrer unbeherrschtheit wahrscheinlich auch keine rücksicht auf ein menschenleben nehmen, überlegte kieselbach.

„diesen famosen herrn honecker habe ich bereits angerufen und seinen herausgeber auch. die werden ihren laden dichtmachen können, das verspreche ich ihnen. so einem pack gehört das handwerk gelegt, das hat doch mit seriösem journalismus nichts mehr zu tun. ich werde diese banditen regresspflichtig machen, auf heller und pfennig, und meine versicherung wird das ihre tun. haben sie diesen wahnsinnsartikel überhaupt schon gelesen, kommissar?"

der angesprochene nickte wortlos.

„eine blanke ungeheuerlichkeit. unwahrheiten über unwahrheiten, spekulationen und keinen einzigen beleg für irgendwas. ich soll torsten erschossen haben, nur weil ich nicht an dem deal mit mailand beteiligt gewesen war. völliger blödsinn." der kleine mann war nicht mehr zu stoppen.

„was ist blödsinn? der wechsel nach mailand?"

„quatsch, der deal war perfekt. torsten hatte unterschrieben und basta, der idiot. ich war dabei, für ihn in valencia das doppelte herauszuholen."

„und warum hat er dann diesen alleingang hinter ihrem rücken unternommen?"

„keine ahnung. wahrscheinlich wird ihm das hübsche fräulein krewel ordentlich die ohren vollgesülzt haben. für die dame war ich ein rotes tuch."

„das heißt, im klartext, sie wären bei diesem transfer leer ausgegangen?"

„völliger schwachsinn," fauchte der kleine mann. „ich war torstens manager, mit allen exklusivrechten, die es auf diesem gebiet gibt und einem rechtswirksamen vertrag; aus dem kann man nicht einfach so aussteigen, wie man will. es gibt schließlich gesetze. ich hätte sowieso mein geld bekommen, jeden cent. jetzt gibt es allerdings gar nichts mehr, nur noch hosenknöpfe." müther, der bisher gesessen hatte, sprang auf und begann, wie ein tiger in seinem käfig, im kahlen besucherzimmer, auf- und abzulaufen. „alles einfach aus der luft gegriffen und aus den fingern gesogen. sowas dürfte doch von rechts wegen gar nicht erlaubt sein. solche schmierfinken sollte man an der nächsten straßenlaterne aufhängen."

für die einen sind es gesetze, für die anderen die schönsten trampoline der welt, dachte kieselbach. ich kann dir jetzt schon sagen, was du auf dem rechtsweg gegen diesen reporter erreichst: nichts, null, zero, niente.

„wenn sie mit grabow vor gericht gezogen wären, dann hätte er sie anschließend als manager doch wohl in die wüste geschickt, oder?"

„na und?"

„dann hätten wir doch ein prima motiv."

„für den mord?" der manager lachte schrill. „machen sie sich doch nicht lächerlich, kommissar. sehe ich aus wie jemand, der mit einer knarre in der hand durch die wälder läuft und leute umnietet? torsten war zwei köpfe größer als ich. der junge hätte mich am ausgestreckten arm verhungern lassen, mit oder ohne pistole."

„besitzen sie eine waffe?"

„sie können ja mal nachsuchen im haus, sie schlaumeier," fluchte der spielervermittler. „erklären sie mir lieber, wie es nun weitergeht."

„ziemlich einfach," antwortete der kriminalist. „wir werden versuchen festzustellen, was sie wirklich mit dem mord an torsten grabow zu tun haben."

„ich?" schrie der manager, „sind sie jetzt völlig übergeschnappt?" sein gesicht war wutverzerrt. „damit sie im bilde sind, sie komiker, genau zur tatzeit befand ich mich bei meinem steuerberater, durchgehend von neun bis dreizehn uhr, dafür gibt es mindestens ein halbes dutzend zeugen. das habe ich auch diesem verbrecher von der zeitung mitgeteilt, mehrfach sogar."

ohne ein weiteres wort zu sagen, griff müther in eine der weiten brusttaschen seines cowboyhemdes, zückte ein handy und tippte eine längere nummer ein.

eine minute später war das alibi des managers durch seinen steuerberater in dresden einwandfrei bestätigt. der nächste lösungsansatz fiel ersatzlos in sich zusammen.

müllbeseitigung

knapp ein stunde später transportierte eine zivilstreife den bedrohten manager in richtung düsseldorf ab, wo er für die nächsten tage unterschlupf bei seinem bruder finden konnte. damit war die akte müther vorerst erledigt, denn die organisation des personenschutzes lag nicht mehr in händen der wasserschutzpolizei, dergleichen regelte das innenministerium.

es war kurz vor zwölf, als der kommissar vor dem unscheinbaren, dreistöckigen bürogebäude auftauchte, in dem die regionalredaktion ´lausitz´ des ´blitz-kuriers´ ihre räume hatte. das mutterhaus befand sich weit weg irgendwo in berlin. kieselbach hatte unmittelbar vorher telefonisch angefragt, allerdings unter falschem namen, ob sich attilla honecker am schreibtisch befand und eine negative antwort erhalten. allerdings, der uralte vw-kübel des redakteurs, parkte im winkligen innenhof des redaktionsgebäudes und es war kein kunststück für den kommissar, das fahrzeug so zuzustellen, das ein sofortiger abgang unmöglich war.

der beamte präsentierte der misstrauisch blickenden dame am empfang seine dienstmarke und verlangte herrn honecker zu sprechen. wenig freundlich verwies ihn die angestellte auf eine mit gummibäumen umstellte besucherecke und begann lustlos zu telefonieren. nach dem dritten ausgiebigen versuch unterbrach sie kurz.

„ich werde es jetzt einmal in der druckerei probieren, vielleicht befindet sich herr honecker dort."

draußen auf dem parkplatz, den lukas kiesbach nicht einsehen konnte, startete widerwillig und unüberhörbar ein fahrzeug.

„hat sich erledigt," rief der kriminalist dem empfangsengel zu und sprintete, so schnell es der glatte marmorboden der eingangshalle zuließ, hinaus ins freie.

atilla honecker hockte hinter dem steuer seines vorsintflutlichen vehikels und versuchte zentimeterweise das unhandliche gefährt am wagen des kommissars vorbei zu rangieren.

„probleme?" fragte kieselbach scheinheilig, nachdem er gefährt und fahrer erreicht hatte .

„du hier?" schnaufte der reporter und schaute den beamten durch seine massiven brillengläser unsicher an. auf seiner hohen stirn begannen schweißtropfen zu perlen.

„genau," antwortete kieselbach. „und dreimal darfst du raten warum."

„keine ahnung," entgegnete der journalist schroff und mit unschuldsmiene.

„na, dann wollen wir uns doch mal über deinen famosen artikel von heute morgen unterhalten," begann der beamte mindestens genauso schroff.

„ich wüßte nicht, was dich meine arbeit angehen soll," gab der schwitzende mann durch den engen fensterspalt seines fahrzeuges zurück. „ich frage dich doch auch nicht, was du in den letzten tagen so ermittelt hast."

„oh doch," erklärte lukas kieselbach ruppig. „und du hängst das ganze dann sogar noch an die große glocke, mein freund."

„ich dachte, die sache wäre längst erledigt; außerdem entspricht es ja wohl den tatsachen, das ihr immer noch im dunkeln tappt, oder?" konterte der dicke.

„richtig, aber in unserem handwerk ist das normal. deine spinnereien können wir uns nämlich nicht erlauben; und dir werden wir diesen blödsinn auch noch abgewöhnen, darauf kannst du gift nehmen." kieselbach kam allmählich in fahrt. „denn andere leute in die pfanne zu hauen, um seine eigene ideen- und hilflosigkeit zu kaschieren, das ist dümmer, als die polizei erlaubt."

„wird das jetzt ein seminar über pressefreiheit und die arme, bemitleidenswerte polizei, oder so?" erkundigte sich der journalist. seine stimme klang plötzlich schneidend und arrogant.

„das wird noch viel mehr."

„da bin ich aber gespannt."

kieselbach lehnte sich vertraulich an das altersschwache fahrzeug. „ich möchte ab sofort, das sich derartig unqualifizierte attacken wie heute morgen auf einwandfrei unbeteiligte mitbürger im ´blitz-kurier´ nie mehr wiederholen, klar? ich hoffe, du weißt, was du angerichtet hast?"

„hab ich die bude in brand gesteckt?" kam es ungehalten zurück. natürlich wußte attila honecker, welche folgen seine heutige berichterstattung gehabt hatte, aber weder der artikel selbst noch seine auswirkungen würden dem dicken auch nur eine einzige schlaflose nacht bereiten, dessen war sich kieselbach sicher. höchstwahrscheinlich würde er sogar selbst über die brandstiftung berichten, selbstverständlich ohne den auslöser für das ganze desaster auch nur mit einer einzigen silbe zu erwähnen.

„in gewisser weise schon, denk ich, und das wird folgen haben."

„wollen sie mir drohen?" fauchte der reporter gereizt und plötzlich formell.

kieselbach zuckte mit den schultern und ging auf das spiel ein. „nennen sie es von mir aus, wie sie wollen."

der pressemann wuchtete sich schwerfällig aus seinem fahrzeug und baute sich in vollem umfang vor kieselbach auf.

„wissen sie was," begann er gewichtig, „ich lasse mich doch nicht auf dem parkplatz unserer redaktion von einem frustrierten polizisten anmachen."

hinter der dummdreisten, kumpelhaften fassade des reporters saß doch noch mehr dreistigkeit, als im normalzustand sichtbar wurde, registrierte kieselbach.

„wenn sie unbedingt spaß haben wollen, bitte sehr," erklärte der kriminalist ebenfalls gereizt, „wir werden ja sehen, wer zum schluß am längeren hebel sitzt."

er griff zu seinem handy und wählte die nummer der bereitschaft. „eine streife zum ´blitz-kurier´," ordnete er an, „aber zügig, es eilt."

„wollen sie mir angst machen?" grinste der zeitungsmann schief. „sie haben doch nicht das geringste gegen mich in der hand." so wie die dinge standen, fühlte er sich unangreifbar. „aber wenn sie mich unbedingt anzeigen wollen, nur zu. der staatsanwalt wird sich schön blamieren, falls sie überhaupt ein gericht finden, das in diesem fall ein verfahren eröffnet."

„stimmt, deswegen werden wir den ball auch schön flach halten," entgegnete lukas kieselbach, „aber, vielleicht sollten sie mal erleben, was die polizei so alles kann, auch ohne staatsanwalt und gericht. leute wie ihnen werden wir auch so das handwerk legen."

„und wie, bitteschön, wollt ihr komiker das auf die reihe kriegen?" fragte der reporter arrogant.

„na, zuerst mal werden wir ihr famoses fahrzeug stilllegen, ihnen eine handvoll punkte in flensburg und eine paar saftige ordnungsstrafen verpassen. die kollegen, denke ich, werden schon ein paar finanzintensive mängel an dieser alten rostlaube finden, wetten?" vorsichtig klopfte kieselbach auf die glanzlose, tarnfarbene motorhaube des ehemaligen militärfahrzeuges.

attila honecker schluckte. ein blick auf sein schrottreifes vehikel und die abgefahrenen reifen ließ wirklich nichts gutes ahnen.

„außerdem ist der tüv seit mehr als drei monaten überfällig, sportsfreund," erklärte der kommissar betont freundlich, „ich glaube nicht, das sich dieses wunderbare fahrzeug auch nur noch einen einzigen meter aus eigener kraft auf bundesdeutschen straßen vorwärts bewegen wird, wetten?"

der monsterreporter grinste verlegen; auf seiner hohen stirn verstärkte sich die schweißbildung.

„muß das sein?" erkundigte er sich, jetzt schon wesentlich kleinlauter.

kieselbach nickte. „und das ist erst der anfang."

der dicke schluckte und seine brille begann von innen zu beschlagen.

„noch ein einziger solcher artikel wie heute morgen und wir werden dich rund um die uhr im auge behalten. du wirst keine ruhige minute mehr haben und deine informanten auch nicht. da dürfte einiges ans tageslicht kommen. mal sehen, wer dann noch geschäfte mit dir macht. außerdem wird jede einzelne streife im ganzen spreewald und umgebung deine neue autonummer auswendig im kopf haben, wenn du deinen führerschein in einem jahr wieder zurückhast. der kleinste verstoß gegen die straßenverkehrsordnung und du bist sofort wieder fußgänger, und das bei deinen plattfüßen. na, sind das nicht herrliche aussichten?"

der reporter nahm seine massiven brillengläser ab und wischte sich den schweiß aus dem gesicht. sämtliche arroganz schien ihm augenblicklich abhanden gekommen zu sein. blind und hilflos wie ein maulwurf blickte er sein gegenüber an. kieselbach ahnte, das auch dies teil seiner masche war.

„denk dran, sportsfreund, keine schweinereien mehr auf kosten anderer leute, die sich nicht wehren können, weil sie keinen medienapparat im rücken haben, capito?"

„klar," keuchte der dicke, bei dem kieselbachs improvisierte weltuntergangsstimmung anscheinend voll angekommen war. trotzdem, der beamte traute dem reporter nicht über den weg.

ein streifenwagen bog mit quietschenden reifen auf den redaktionsparkplatz und stoppte recht abrupt vor dem zerbeulten kübelwagen.

„können wir das mit dem auto nicht vergessen?" bettelte attila honecker.

„das regeln sie bitte mit den kollegen von der streife, wenn sie können. einen schönen tag noch." kieselbach winkte dem starreporter jovial zu und erklärte den beamten kurz, aber ganz deutlich, worum es ging. die kollegen machten ernste gesichter und nickten. strafe mußte sein.

neue motive

knapp eine stunde später saß kieselbach wieder hinter seinem schreibtisch, starrte aus dem fenster und betrieb, wie er es nannte, bestandsaufnahme. der frisch gepflasterte parkplatz vor sankt nikolai, den er von seinem bürostuhl aus zur hälfte einsehen konnte, war kaum belegt. nur auf der anderen seite der straße, vor der touristeninformation, gab es leben. ein bunter trupp radfahrer stand gebeugt um eine ausgebreitete karte und diskutierte. einer, in einem froschgrünen strampelkostüm, stand abseits und paffte eine zigarette. profis, die an einem tag zweimal den spreewald umrundeten.

133

der kommissar kritzelte den namen jeder am ´fall grabow´ beteiligten person auf einen separaten din-a 4-bogen und vermerkte dahinter die art der verwicklung und den bisherigen ermittlungsstand. die arbeit war wenig mühsam und die ausbeute gering, denn eigentlich konnte man alle einigermaßen verdächtigen gleich wieder von der täterliste streichen.

biggi seimetz hätte ihren ex- oder zwischendurchlover umbringen können, um an die lebensversicherung zu kommen, doch ihr alibi hatte gehalten; und auch das von stanislaus lewka, ihrem neuen verehrer, war absolut wasserdicht.

franz-josef müther, der möchte-gern-cowboy, verfügte über ein prima motiv, aber ebenfalls über ein einwandfreies alibi, genauso wie dame nummer zwei, patricia krewel. enderlein hatte ihre angaben gecheckt und sie waren von der schloßhoteldirektion bestätigt worden.

auch der konsul konnte torsten grabow, den er als seine entdeckung bezeichnete, auf dem gewissen haben, weil er dem verein zur kommenden saison den rücken gekehrt hatte. aber wie viele spieler wechselten jährlich den verein und wie viele waren deswegen von den vereinspräsidenten deswegen ermordet worden?

und konkurrent hörter hatte zwar durch torsten grabow seinen stammplatz verloren und, nach eigener aussage, in der nähe des tatortes trainiert, aber das bedeutete auch nicht automatisch, das er seinen nachfolger auf dem liberoposten von ´energie´ in bester killermanier über den haufen geschossen hatte, selbst wenn sein alibi vor gericht nicht standhalten würde. alles sackgasse, stellte kieselbach nüchtern fest.

das telefon schrillte und kieselbach griff widerwillig zum hörer. telefonieren war nicht seine sache und würde es auch nicht werden. und es kam wieder knüppeldick.

„metzger," schnarrte es durch den hörer. „was gibt es neues im fall grabow?"

nichts, war kieselbach spontan versucht zu sagen, aber er konnte sich diese fahrlässige bemerkung gerade noch verkneifen.

„wir sammeln fakten und werten aus," erklärte er stattdessen und mit geheuchelter begeisterung.

„das ist ja wohl das mindeste," kam es zurück. „gibt´s dabei gelegentlich auch ergebnisse?"

„bestimmt," versicherte der kommissar.

„und was heißt das genau?"

„tja," murmelte der kriminalist, „aus unserer sicht hat der täter bisher nur einen fehler gemacht."

„und der wäre?"

„er hat vergessen, seine visitenkarte am tatort zu hinterlassen."

für eine sekunde herrschte ruhe in der leitung.

„wollen sie mich auf den arm nehmen, kieselbach?" blaffte der staatsanwalt aus cottbus herüber. „wenn sie und ihre leute mit diesem fall überfordert sind, dann kann ich sie augenblicklich durch ein fähigeres team ablösen lassen, kein problem, mein lieber. ein anruf genügt und sie können mit ihrem paddelboot mücken zählen gehen."

„wir kochen alle nur mit wasser," antwortete kieselbach. „und da, wo es keine spuren gibt, finden auch ihre spezialisten nichts."

„das wird sich dann zeigen," verkündete der jurist drohend. „wie sieht´s zum beispiel mit diesem hörter aus? der mann hat doch ein perfektes motiv; haben sie dem schon mal ordentlich auf den zahn gefühlt?"

„natürlich, aber ein perfektes motiv macht noch lange keinen mörder. was glauben sie, wie viele motive es gibt irgendjemanden aus dem weg zu räumen? die welt ist voll von motiven," antwortete der kriminalist erstaunt darüber, das der staatsanwalt ausgerechnet in diese richtung dachte.

„haben sie heute morgen mit einem philosophen gefrühstückt?" kam es bissig zurück. „hier wurde ein gewöhnlicher fußballer umgebracht und kein literat."

„grabow war kein gewöhnlicher fußballer, der mann war super."

„völlig überbewertet, der junge," fauchte der staatsanwalt, „ich habe ihn spielen sehen in bielefeld."

„sie haben das spiel auf der alm gesehen?" fragte kieselbach ungläubig.

„natürlich, live, ich bin bielefelder, und mein bruder ist im vorstand der ´arminia´. und das spiel habe ich mir selbstverständlich nicht entgehen lassen."

„muß ja ziemlich ernüchternd gewesen sein der abend, so als arminia-fan."

„natürlich, aber nicht wegen ihres fußball-gottes. ein oberblinder schiedsrichter und zwei abseitstore aus fünf metern entfernung, das kann auch meine großmutter."

„sah im fernsehn nicht so aus," konterte kieselbach.

„fernsehen hin, fernsehen her," erklärte der staatsvertreter, „ich bin der meinung, wir sollten diesen hörter unbedingt aus dem verkehr ziehen."

„wie, jetzt direkt vor dem spiel?" fragte der wasserschutzpolizist entgeistert.

„seit wann spielt der zeitpunkt bei einer verhaftung eine rolle? bei ausreichend tatverdacht wird zugeschlagen, egal wann," dozierte der anklagevertreter schroff. „und wenn meine informationen stimmen, dann hat dieser hörter in aller öffentlichkeit morddrohungen gegen grabow losgelassen. das sind doch klare fakten."

und die erde ist eine scheibe, sinierte kieselbach, das war auch mal fakt. wäre natürlich ein geschickter schachzug, nach dem ausfall des etatmäßigen liberos auch noch den ersatzmann aus dem verkehr zu ziehen. damit würden die chancen der ´arminia´ auf eine rückkehr in die erste liga natürlich enorm steigen, auch wenn hörter wahrscheinlich nur noch ein schatten seiner selbst war. aber mehr als ihn hatte ´energie´ jetzt nicht zu bieten.

„außer dieser vagen absichtserklärung haben wir gegen hörter nicht das geringste in der hand," antwortete kieselbach sachlich.

„dann beweisen sie, das er der täter war."

„und wie?"

„mein gott," stöhnte der staatsanwalt, „muß ich ihnen jetzt noch ihre arbeit erklären? verlangen sie von hörter ein einwandfreies alibi für die tatzeit."

„schon passiert."

„und?"

„alles klare fakten," antwortete kieselbach. hörter hatte sich zum waldlauf von seiner frau verabschiedet und war irgendwann zurückgekehrt. alles fakten. das es für den lauf selbst keine zeugen gab, war einfach nur pech und musste dem staatsanwalt und arminen-fan ja nicht auf die nase gebunden werden.

„trotzdem, ich bin der meinung, hörter ist unser mann. er profitiert als einziger direkt von grabows tod. haken sie nach, verunsichern sie ihn. und wenn sie etwas verwertbares finden, melden sie sich bei mir, auch privat, kein problem."

„von grabows tod könnten auch noch andere profitieren, noch direkter und nachhaltiger als hörter."

„und wer wären diese mysteriösen ´anderen´?"

„na ja, zum beispiel die ´arminia´. wenn ´energie´ das letzte spiel ohne grabow vergeigt und bielefeld gleichzeitig gewinnt, dann kickt bielefeld wieder im oberhaus."

„das ist ja aberwitzig," fauchte der staatsanwalt.

„wo wir gerade dabei sind, herr doktor metzger, wo waren sie am donnerstag morgen, zwischen elf und zwei?"

für einen sekundenbruchteil herrschte schweigen in der leitung, dann brach die verbindung ab.

was seine team nicht schafft, vollendet der staatsanwalt höchstpersönlich, dachte kieselbach. den altlibero auf dem spielfeld verhaften und in handschellen und fußballschuhen abführen, damit wären hörter und er heute abend sogar in der tagesschau. garantiert.

das spiel der spiele

in ganz cottbus herrschte seit den frühen mittagsstunden ausnahmezustand. sämtliche direkten zufahrtsstraßen zum stadion waren weiträumig abgeriegelt, alle parkflächen drumherum überfüllt und selbst in der sonst eigentlich unbeteiligten innenstadt regierte für lausitzer verhältnisse das absolute chaos. gröhlende, fahnenschwenkende fangruppen zogen sich gegenseitig mut machend durch die fußgängerzone; und einige von denen, die kein ticket mehr für das match des jahres bekommen hatten, ließen ihre wut an totem inventar aus. die ordnungskräfte hatte schon lange vor anpfiff alle hände voll zu tun.

das 'stadion der freundschaft' platzte aus allen nähten und dem heutigen gegner aus aachen, vom anderen ende deutschlands, würde alles andere als freundschaft entgegenschlagen, das war klar. die verantwortlichen hätten locker die doppelte oder dreifache menge an eintrittskarten verkaufen können; aber die fünfunddreißigtausend, die sich bereits drei stunden vor anpfiff in der traditonsreichen arena gegenseitig in aufstiegstimmung brachten, veranstalteten bereits spektakel genug. so weit das auge reichte, wehten fahnen in vereinsfarben und aus den lautsprechern dröhnte bereits 'we are the champions'. dabei ging es 'nur' um den dritten platz hinter zwei finanzkräftigen wessivereinen, die schon seit wochen als aufsteiger feststanden.

die kollegen von der bereitschaft, die heute mit erheblicher verstärkung angetreten waren, hatten kieselbach, wie versprochen, problemlos mit in den hexenkessel geschleust. nicht weit entfernt von den trainerbänken genoß er die großkampfstimmung.

die beiden fanblocks waren sauber voneinander getrennt und der stadionsprecher heizte seinen leuten von der ersten sekunde an ein; wenn die spieler mit der gleichen energie zur sache gehen würden wie er, dann konnte 'energie' heute nicht viel passieren.

alle cottbusser aktiven und offiziellen trugen selbstverständlich trauerflor und auch die aachener hatten, aus respekt vor dem toten, ihre mannschaft mit schwarzen armbinden versehen. vor dem anstoß gab es eine gedenkminute und wer eine mütze, einen hut oder eine kappe trug, nahm sie ab. man konnte die glocken der franziskaner- und oberkirche abwechselnd schlagen hören und das weinen eines kleinen jungen in der südkurve, dem das ganze theater mit sicherheit angst einjagte. selbst die unvermeidlichen hooligans und randalierer, aber auch die anhänger des gegners, zollten dem ermordeten star stillschweigend ihre hochachtung. doch sekundenbruchteile nach ablauf der kurzen schweigefrist bebten wieder die ränge und der stadionsprecher gab mit geübter stimme die mannschaftsaufstellungen bekannt; zuerst die der gäste, deutlich aber nüchtern, dann die der heimelf; und bei jedem namen, so hatte man den eindruck, wurde ein neuer oscar-preisträger ausgerufen.

hartwig hörter empfingen die 'energie'-fans mit höflichem beifall, aus dem gegnerischen block schlugen ihm pfiffe und hohngelächter entgegen. für die meisten im stadion war er ein lebendes fossil, das man aus der mottenkiste gekramt hatte, weil es sich absolut nicht vermeiden ließ. für kein geld der welt wollte kieselbach in der haut des altstars stecken.

pünktlich um fünfzehn uhr dreißig dann begann die partie. und obwohl es für den gegner, der in der tabelle einen gesicherten, aber uninteressanten mittelfeldplatz belegte, um nichts mehr ging, spielte er forsch und konzentriert auf. ´energie´ stand von anfang an permanent unter druck; kein wunder, denn die mittelfeldstrategen brachten selbst die einfachsten pässe nicht an ihre nebenleute und die stürmer verstolperten gnadenlos jede vorlage, die ihnen der zufall, denn geplantes aufbauspiel war fehlanzeige, vor die füße kullerte.

weicheier, dachte kieselbach und beteiligte sich am pfeifkonzert der fans, als der bisher hochgelobte linksaußen von ´energie´ mit einem verzweifelten distanzschuß beinahe den rechten flutlichtmasten traf. das konzept des trainers, der tatsächlich voll auf angriff spielen, um die abwehr zu entlasten, ging voll in die hose.

die verteidigung dagegen, im vorfeld als schwachstelle ausgemacht, behielt einigermaßen ruhe und übersicht, allen voran hartwig hörter. nach knapp zehn minuten gab es den ersten szenenapplaus für den alten mann, als er in letzter sekunde einen flachschuß von der torlinie fischte, den der übernervöse keeper wie ein blutiger anfänger durch die verunsicherten arme hatte rutschen lassen.

ewald frenken sprang unentwegt von seiner trainerbank auf, gestikulierte wild herum und brüllte im dutzend anweisungen auf das feld, die aber nicht das geringste bewirkten. im gegenteil, das chaos in den reihen von ´energie´ nahm zu. die elf aufstiegsaspiranten lief umher wie ein aufgescheuchter hühnerhaufen. nur hörter stand wie ein fels in der brandung, an dem die angriffsversuche des gegners immer wieder wirkungslos zerschellten.

die menschen auf den rängen wußten nicht, ob sie den fce auspfeifen oder anfeuern sollten.

„da sieht man wie wichtig grabow für die truppe war," erklärte ein kugelrunder typ mit mindestens dreißig kilo übergewicht unter seinem ´energie´-trikot in xxl. „der hätte ordnung in die truppe gebracht."

„sicher, hätte er," antwortete sein nachbar, ein langer schmaler mit vollglatze, „aber hörter ist auch nicht schlecht, dafür, das sie ihn jetzt zum ersten mal in dieser saison spielen lassen."

„dem hätten sie besser die krampfadern verödet," konterte der mollige. „spätestens in der zweiten halbzeit braucht der alten knochen einen rollstuhl, wetten?"

„wahrscheinlich," antwortete der nachbar. „und dann gute nacht ´energie´."

mit viel glück retteten die spreekicker ein torloses unentschieden in die halbzeit und schlichen mit gesenkten köpfen in ihre kabine, begleitet von einem ohrenbetäubenden und empörten pfeifkonzert ihrer anhänger, die sich auf einen festtag eingerichtet hatten und nicht auf eine zitterpartie mit ungewissem ausgang. die bielefelder führten zur gleichen zeit gegen oberhausen souverän mit 2:0. rechnerisch befanden sich die ostwestfalen in der 1.liga.

aus der ferne sah kieselbach, wie attila honecker am eingang zum rot-weißen spielertunnel stand und photos schoß. nachdem die spieler ihn passiert hatten, stürzte er sich mit seinem diktiergerät auf den präsidenten, der wenig begeistert und ratlos zwischen einigen offiziellen in der nähe der trainerbank stand. unwirsch schob der vereinsboß den aufdringlichen reporter beiseite und folgte seinen aktiven mit energischen schritten. kieselbach hätte gern gewußt, was konsul und trainer den hilflosen helden in der kabine zu sagen hatten, um ihnen für die zweite halbzeit beine zu machen. vermutlich würde der alte noch ein paar extra-scheinchen drauflegen, zusätzlich zur ohnehin schon stattlichen siegprämie, über die nur gemunkelt wurde.

ewald frenken ersetzte zwei spieler, den totalausfall auf der linken außenbahn und einen seiner völlig hilflosen mittelfeldstrategen, hartwig hörter blieb im spiel; er war der einzige, der bisher mehr leistung gezeigt hatte, als man von ihm erwarten konnte.

trotz der beiden neuen änderte sich nicht viel am verkrampften spiel von ´energie´. nach vorne ging absolut nichts und hinten kämpfte der recycelte libero einen einsamen kampf gegen eine handvoll junger burschen in gelb-schwarz, die sich offensichtlich vorgenommen hatten, dem fce den aufstieg gründlich zu vermasseln.

hörter grätschte, trat, schob, köpfte weg und warf sich in die schüsse wie zu seinen allerbesten zeiten. irgendwie bekam er immer wieder seinen kantigen schädel oder eine fußspitze an den ball, ließ die gegner ins abseits laufen und foulte da, wo es ungefährlich war, weit weg von der strafraumgrenze. gekonnt entschuldigte er sich anschließend bei gegner und schiedsrichter und kam jedes mal ohne karte davon.

die stimmung im stadion begann umzuschlagen. hatte man den ersatzmann anfangs belächelt, dann zollte man ihm jetzt respekt. ab mitte der zweiten halbzeit wurde jede aktion des alten kämpen von den fans bejubelt und auf dem feld richteten sich die mannschaftskameraden ohne widerspruch nach seinen lautstarken kommandos. langsam kam ordnung in das spiel des aufstiegskandidaten. armina bielefeld führten inzwischen 4:0.

„wahnsinn, was die alte socke da abfängt," sagte der kugelrunde in rot-weiß, schräg hinter kieselbach, mit seinem dritten oder vierten plastikbier in der hand.

„von wegen einbruch in der zweiten halbzeit und rollstuhl," fügte sein nachbar hinzu. „der läuft die jungen spunde noch glatt in grund und boden."

die tribünenexperten waren also hochzufrieden mit hörter; kieselbach erinnerte sich daran, wie er ihn gestern und vorgestern auf dem trainingsgelände erlebt hatte, schweißgebadet, schachmatt und beinahe unfähig, aus eigener kraft unter der dusche zu stehen.

dann kam die dreiundsiebzigste minute. ein gezielter befreiungsschlag des liberos über mehr als das halbe spielfeld fand den bis dato völlig abgemeldeten mittelstürmer und der markierte, nach kurzem sprint, mit einem trockenen flachschuß aus halbrechter position und heiterem himmel den ersehnten führungstreffer für ´energie´. das stadion erbebte in seinen grundfesten; wildfremde leute fielen sich jubelnd in die arme und die stimme des stadionsprechers passte vor lauter jubel kaum ins mikrophon.

die profis auf dem rasen stürzten sich zunächst auf den torschützen und drückten ihn fast bewusstlos, aber man vergaß auch den vorbereiter nicht; nacheinander liefen sie hinüber zu hörter, umarmten den altmeister und schlugen ihm anerkennend auf den breiten rücken, selbst der strahlende und etwas zerknautschte mittelstürmer.

eine knappe viertelstunde später beendete der pfiff des schiedsrichters die zweitligazugehörigkeit von ´energie´. das klassenziel war erreicht. der konsul stand mit hochgereckten armen neben der trainerbank, während ewald frenken in einem meer von kameras und mikrophonen verschwand und zu den ersten interviews genötigt wurde. jubelnde fans durchbrachen die nicht mehr ernst gemeinten absperrungen und trugen ihre helden über das spiel-feld, vorne weg einen strahlenden hartwig hörter.

das bielefelder 5:1 gegen oberhausen hatte nur noch statistischen wert und wurde von der feiernden menge im ´stadion der freundschaft´ hämisch bejubelt.

doktor zorns hausaufgaben

um aus dem tobenden cottbus herauszukommen, be-nötigte kieselbach weit mehr als eine stunde, denn über-all, auch weitab vom ´energie-gelände´, waren sämtliche straßen durch fahnenschwenkende und feiernde fce-anhänger blockiert. der kommissar fasste sich in geduld und begann zu grübeln. ein mehr als glücklicher sieg dank eines reaktivierten alten mannes. und anstatt nach hause zu fahren, startete kieselbach durch nach lübben.

er wusste, das es unverschämt war, dem weißhaarigen, freundlichen arzt das verdiente wochenende kaputt zu machen, doch nachdem der kriminalist ihm erklärt hatte, worum es ging, brauchte er keine zusätzliche überzeu-gungsarbeit mehr zu leisten. doktor zorn verabschiedete sich von seiner frau, die dergleichen anscheinend ge-wohnt war und ließ sich vom kommissar ins krankenhaus fahren.

„sie möchten also, das ich eine komplette autopsie vornehme?" fragte der mediziner, während sie am künst-lich angelegten lübbener schloßhafen vorbeifuhren, wo zwei touristenbusse mit rostocker kennzeichen ihre fracht ausspuckten.

„so komplett, wie es eben geht," antwortete der kom-missar.

„das wird einige stunden in anspruch nehmen."

„wir haben zeit."

„und die ergebnisse werden natürlich nur provisorisch sein," erklärte der arzt. „alle analysen, die wir jetzt erstellen, benötigen eine gegenprobe, und die werden wir heute nacht mit sicherheit nicht schaffen."

„kein problem," antwortete der kommissar. „auch ein provisorisches ergebnis ist ein ergebnis."

„ich werde mein bestes tun."

mit gedrosselter geschwindigkeit fuhren sie in das krankenhausgelände ein. weit und breit war keine menschenseele zu sehen.

„und die krankenakte von torsten grabow war in ordnung?" fragte kieselbach, während er den wagen vor dem haupteingang parkte.

„absolut. einwandfrei und außerordentlich sorgfältig geführt. bis ins kleinste detail."

„irgendetwas außergewöhnliches?"

der mediziner schüttelte den kopf. „nichts aufregendes. prellungen, muskelverhärtungen, ein kleiner faserriß in der linken wade, verstauchungen, eine leichte gehirnerschütterung, ein angebrochener finger, eine platzwunde am schienbein, die genäht werden mußte und eine leistenzerrung, aber die liegt schon jahre zurück, wenn ich mich recht erinnere. ich würde sagen, die üblichen dinge für einen höchstleistungssportler in seinem alter. die richtig dicken sachen kommen meist erst später, meniskus, kreuzbänder, sprunggelenke und so weiter."

„keine kreislaufsachen? nichts mit dem herzen oder so?"

„den unterlagen nach zu urteilen, nicht das geringste. torsten grabow war, für einen leistungssportler, so gesund wie ein fisch im wasser," entgegnete der mediziner.

„würden sie sagen die unterlagen sind okay? ich meine, könnte auch manipuliert worden sein?"

„schwer zu sagen. alles, was in den protokollen steht, macht medizinisch sinn. warum sollte man solche akten manipulieren?"

„vielleicht um wichtige dinge zu vertuschen."

„das kann nur eine autopsie zeigen."

„genau, und deswegen machen wir sie auch," erklärte kieselbach.

„das labor wird begeistert sein," sagte der arzt.

„denk ich mir," antwortete der kommissar.

„kommen sie so gegen mitternacht wieder," sagte der kleine, freundliche herr und kletterte aus dem wagen. „dann könnten die ersten brauchbaren ergebnisse vorliegen, falls wir etwas finden."

„danke."

resultate

kieselbach fuhr heim nach lübbenau, wo leider niemand auf ihn wartete, wärmte sich eine packung lasagne auf und schaltete den fernseher ein, nachdem er mehrfach versucht hatte, andrea auf ihrem parteitag in essen zu erreichen. ihr handy blieb ausgeschaltet, um die große politik nicht durch ein banales läuten aus der fassung zu bringen.

als entschädigung flimmerten auf fast allen kanälen eindrucksvolle bilder vom cottbusser wiederaufstieg. immer und immer wieder wurde der goldene schuß gezeigt, flach links unten ins eck, gefolgt von den jubelorgien auf dem rasen und auf den rängen. der glückliche torschütze durfte sogar im ´aktuellen sportstudio´ auftreten, zusammen mit hartwig hörter, dem alle eine überragende leistung bescheinigten. konsul ackermann bestätigte in einem aufgezeichneten interview, das man per handschlag den vertrag des altstars um ein jahr verlängert hatte und auch ewald frenken, der trainer, würde bleiben. zudem standen verhandlungen mit einigen hochtalentierten spielern kurz vor dem abschluß; namen wurden nicht genannt, um diese transfers nicht unnötig zu komplizieren. und selbst der bundespräsident meldete sich zu wort; in einem telegramm an die clubführung beglückwünschte er den verein, seine treuen anhänger und die gesamte region zu einer herausragenden sportlichen leistung, die zeige, so der oberste gratulant der nation, das der osten inzwischen auf jedem gebiet absolut konkurrenzfähig sei und seinen eigenen beitrag zur integration von ost und west leiste.

das telegramm bekam im fernsehstudio ordentlichen beifall, und hartwig hörter, den der moderator um einen kommentar zum inhalt bat, anwortete: „prima."

kein einziges wort zu torsten grabow, der sich tiefgekühlt in der gerichtsmedizin in den händen von doktor zorn befand, während die anderen feierten.

mit zusätzlich ketchup war die fertig-lasagne einigermaßen genießbar.

pünktlich um mitternacht erschien lukas kieselbach in der spreewaldklinik. das riesige, weiß gefliese labor des mediziners war in gleißendes, kaltes neonlicht getaucht. es roch nach chemie und medizin.

kieselbach hatte auf verdacht etwas obst und ein kaltes schnitzel mitgebracht. der arzt entschied sich für einen apfel.

„meine hausaufgaben wären gemacht," begann der mediziner. genüsslich biß er in den leicht rötlichen grafensteiner.

„und?"

„sie hatten recht, kieselbach," lobte er. „eine wahnsinnsidee, aber vermutlich zutreffend."

„torsten grabow hat also gedopt?"

„mit absoluter sicherheit und nicht zu knapp."

„unter ärztlicher aufsicht?"

„schwer zu sagen," antwortete der pathologe, „aber vermutlich nein. es sind jede menge dopingrelevante substanzen in seinem blut, in seiner leber und seinen nieren. selbst ein skrupelloser arzt hätte ihm diese fülle von mitteln wohl kaum alle auf einmal verabreicht. das wäre mord auf raten gewesen."

„vielleicht hat er sich gleichzeitig von mehreren ärzten behandeln lassen."

„das könnte eine plausible erklärung sein, denn im alleingang kommt man auf keinen fall an diese menge von unterschiedlichen präperaten, es sei denn, man kennt einen apotheker oder verfügt über irgendwelche dunklen quellen"

„sonst noch was?"

der alte mediziner biß in seinen apfel und nickte.

„es war zwar nicht mehr sehr viel herzsubstanz im körper, aber es hat gereicht. bei unserem libero lag eine akute perikarditis vor."

„eine was?" fragte kieselbach.

„eine perikarditis," sagte der gerichtsmediziner, „eine herzbeutelentzündung."

„und so etwas kann gefährlich sein?"

„tödlich, unter umständen, vor allem dann, wenn man damit weiter höchstleistungssport betreibt."

„ist diese perikarditis in den krankenakten erwähnt?"

„mit keinem wort," gab der arzt zurück. „ich habe die letzten eintragungen zweimal kontrolliert."

„junge, junge," murmelte lukas kieselbach und schüttelte den kopf. „da kommt jetzt aber einiges an möglichkeit zusammen, oder?"

der mediziner blickte ihn erstaunt an. „ich glaube, ich kann ihnen da nicht ganz folgen."

„macht nichts, herr doktor. geht mir bei ihren sachen genauso."

der arzt lächelte. „die laufschuhe habe ich auch unter die lupe genommen."

„stimmt, hätte ich fast vergessen," sagte der kriminalist. „könnte wichtig sein."

„der linke war unbrauchbar, weil er im wasser gelegen hattte, aber am rechten sind rasenpartikel an den laufflächen, kleine, abgerissene halme und es sieht so aus, als wären die schuhe vor kurzem oberflächlich gesäubert worden. in den fasern des obermaterials finden sich reste von gewöhnlichem haushaltstuch."

„und waldboden?"

„fehlanzeige. kein humus oder dergleichen," sagte der arzt. „ziemlich ungewöhnlich für jemanden, der einige kilometer durch den wald gejoggt sein soll."

„ziemlich," bestätigte der kommissar. allmählich nahm seine vage vermutung immer deutlichere formen an.

„das bedeutete, das fundort und tatort wahrscheinlich nicht identisch sind," schlußfolgerte der doktor. „darum hat die spurensicherung auch keine kugel gefunden."

„genau." kieselbach nickte. „und unter umständen bedeutet das noch viel mehr."

„und was, wenn ich fragen darf?"

„zum beispiel, das unser fußballer überhaupt nicht erschossen worden ist."

„wie bitte?" fragte der mediziner und blickte kieselbach an wie das achte weltwunder. „der junge soll nicht erschossen worden sein?"

„ach, ist nur so eine idee," antwortete der kriminalist und grinste.

die schlagzeilen

der 'blitz-kurier' hatte es sich natürlich nicht nehmen lassen, anläßlich des aufstieges in die erste liga ein knalliges extrablatt herauszugeben, das sich bereits früh am sonntag morgen auch in kieselbachs briefkasten befand.

'nie mehr zweite liga' lautete der fettgedruckte aufmacher auf der titelseite. darunter befand sich ein photo mit den vier vätern des sieges, links außen ein strahlender konsul, rechts außen der immer noch angespannt wirkende trainer, in der mitte, neben einem strahlenden torschützen, der alle überragende hartwig hörter.

darunter, in einer breiten extraspalte, war die abschlußtabelle zu finden, mit energie cottbus fettgedruckt auf position drei.

auf den beiden innenseiten der sonderausgabe gab es die unvermeidlichen expertenstimmen und einige leicht geschönte kommentare zum gestrigen spiel. im anschluß folgten freundliche einzelkritiken über jeden spieler, obwohl die meisten von ihnen am vortag grottenschlecht gewesen waren. dazwischen platziert hatte man dramatische großaufnahmen aus dem spielgeschehen, in deren mittelpunkt immer wieder der neue star und leitwolf hartwig hörter zu finden war, den man einstimmig zum 'spieler des tages' gewählt hatte.

die letzte seite dominierten ein gut recherchierter jahresrückblick und eine besondere rubrik 'personalien'. hier stand schwarz auf weiß vermerkt, das hörter, der matchwinner, auf drängen des konsuls seinen auslaufenden vertrag um zwei jahre zu verbesserten konditionen verlängert hatte.

auch hier, auf insgesamt vier sonderseiten, war torsten grabow nicht mit einem einzigen wort erwähnt.

das handy meldete sich, gerade als kieselbach in seinen dienstwagen steigen wollte. es war enderlein. die glocken von sankt nikolai schlugen neun.

„nichts ungewöhnliches bei der krewel, sagt minkner. hockt die ganze zeit auf ihrer bude. kein spaziergang, keine besuche. sollen wir die beschattung fortsetzen?"

„alles abblasen. haut euch aufs ohr. und montag erst ab ein uhr, klar?" erwiderte kieselbach, der minkner, den zweiten beschattungsspezialisten, völlig vergessen hatte.

„in ordnung," sagte enderlein emotionslos.

„und danke für die prompte bedienung."

„keine ursache."

wenig später parkte kieselbach schon wieder vor dem schlichten haus des pathologen am nordende von lübben. die riesigen kastanien, die links und rechts den sandweg säumten, standen in voller blüte und verwandelten die alte kopfsteinpflasterallee beinahe in einen botanischen garten.

„wir werden etwas improvisieren und schauspielern müssen," erklärte kieselbach dem arzt während sie gemächlich durch das morgendliche städtchen rollten. allein drei kahnfährmänner kreuzten in dienstkleidung ihren weg. sonntag war hauptgeschäfszeit.

„kein problem," entgegnete der mediziner augenzwinkernd. „ich war schon als kind ein begeisterter akteur. meistens hat mein bruder die prügel für sachen kassiert, die ich verbockt habe."

„na prima," sagte kieselbach und steuerte seinen dienstwagen in richtung ´sankt christopherus klinik für sportmedizin und rehabilitation´, so lautete die komplette bezeichnung des aufwendigen und kostspieligen lebenswerks von doktor meier-henneberg.

„es wird trotzdem schwer sein, den leuten etwas nachzuweisen," bemerkte der pathologe und schaute kieselbach erneut zweifelnd an. „und freiwillig wird von den herrschaften bestimmt keiner aus dem nähkästchen plaudern."

„wahrscheinlich; aber wenn wir beide nicht völlig falsch liegen," antwortete der kommissar. „dann wird den herren keine andere wahl bleiben, als mit der ganzen wahrheit rauszurücken."

„na dann, auf in den kampf," sagte der weißhaarige herr an seiner seite.

der tod des liberos

eine neue, aber nicht minder sehenswerte junge dame stand hinter der großzügig gestalteten rezeption. doktor zorn und der kommissar stellten sich vor und wurden von der angestellten wortlos bis zum chefzimmer geleitet.

auch jetzt, bei kieselbachs zweitem besuch, verströmte dieser raum mit seinen beiden deckenhohen bücherregalen, dem halbrunden schreibtisch und der schweren, rostbraunen sitzgruppe immer noch einen hauch von ganz großer welt.

sie waren alle erschienen und die strapazen der vergangenen nacht sah man jedem einzelnen deutlich an. doktor meier-henneberg hatte tiefe, dunkle ringe um die augen, ewald frenken stützte seinen kopf in beide hände und auf dem flachen couchtisch vor hubert konzack lag ein röhrchen aspirin; allein der konsul schien einigermaßen unbeschädigt die inoffizielle aufstiegsfeier überstanden zu haben.

„ich weiß nicht, was sie im schilde führen, meine herren, aber hätten sie die sache nicht auf einen späteren zeitpunkt verschieben können?" fragte der ergraute vereinsvorsitzende an den beamten und den pathologen gewandt. seine stimme klang rauh und heiser.

„leider nein," antwortete kieselbach. „weitere verzögerungen könnten eventuell wichtige spuren verwischen."

„spuren im fall grabow?" erkundigte sich der industrielle.

der beamte nickte zustimmend.

„ja, glauben sie denn, sie werden in diesem kreis den mörder von torsten finden?" konsul johannes b. ackermann runzelte die hohe stirn.

„nicht den oder die mörder," antwortete der kommissar, „denn torsten grabow wurde nicht ermordet. aber in diesem raum befinden sich zumindest die mitschuldigen an seinem tod."

„sie reden in rätseln, junger mann." der konsul beugte sich in seinem sessel ganz weit vor und blickte kieselbach durchdringend und unfreundlich an. „ich denke, es geht darum, den mörder des jungen zu finden, oder?"

„das schon, aber torsten grabow wurde nicht ermordet." wiederholte der kriminalist, „zumindest nicht nach der klassischen definition."

„sie wollen uns weissmachen, das torsten nicht erschossen wurde?"

der kommissar erwiderte den fast feindseligen blick des konsuls und nickte entschlossen.

„das ist, mit verlaub gesagt, verehrter herr kommissar, doch wohl absolut lächerlich. ich habe mir den jungen mit eigenen augen im leichenschauhaus ansehen dürfen, im beisein von herrn doktor zorn, und ich sage ihnen, da war ein verteufelt großes loch mitten in seiner brust. eine solche verletzung ist tödlich, das wird ihnen jeder laie bestätigen."

„genau das wollte der schütze uns auch glauben machen," antwortete kieselbach bestimmt. ewald frenken, doktor meier-henneberg und hubert konzack folgten scheinbar teilnahmslos dem dialog zwischen dem vereinsvorsitzenden und dem polizeibeamten.

„was sollten wir glauben?"

„ganz einfach, herr konsul. jedermann sollte glauben, das torsten grabow an einer schußverletzung starb."

„und sie wollen uns allen erklären, das dem nicht so ist, trotz dieser schusswunde?"

„richtig. torsten grabow konnte nicht erschossen werden," antwortete kieselbach und legte eine winzige kunstpause ein, „denn er war bereits tot, als die kugel ihn traf."

„wie bitte?" der konsul war aufgesprungen und ging erregt auf den kommissar zu. „torsten war bereits tot, als er erschossen wurde?"

„exakt."

„moment." der vereinsvorsitzende hob abwehrend beide hände. „warum sollte man auf jemanden schießen, der bereits tot ist?" fragte er ungläubig.

„ganz einfach, um die wahre todesursache, so gut es geht, zu verschleiern."

„und die wahre todesursache wäre, ihrer meinung nach, was?" der konsul war einen schritt vor kieselbach stehengeblieben und blickte ihn kopfschüttelnd an.

„doping," antwortete der kommissar. „torsten grabow hatte sich zu tode gedopt, unter tätiger mithilfe anderer, denn allein kam er an die entsprechenden präperate und mengen auf keinen fall heran. und um diese fakten zu vertuschen, hat man den jungen nachträglich ´ermordet´. eine doping-affäre mit todesfolge hätte für die beteiligten und natürlich auch für ´energie´ weitreichende konsequenzen gehabt, nicht wahr, herr doktor meier-henneberg?" kieselbach wandte sich direkt und unvermittelt an den mediziner.

„ich verstehe nicht, warum sie gerade mir diese frage stellen."

„na, dann will ich ihnen auf die sprünge helfen, herr doktor. wenn man ihnen oder jemandem von ´energie´ beihilfe zu massivem doping nachweisen könnte, dann wären ihre klinik und ihre karriere im eimer und ´energie´ würde vom dfb die profi-lizenz entzogen und in die vierte oder fünfte liga geschickt. und frenken," kieselbach zeigte geradewegs auf den angeschlagenen trainer, „frenken verlöre seine trainerlizenz und wanderte mit den übrigen doping-verantwortlichen vermutlich für einige zeit hinter schwedische gardinen. ein doping-nachweis bei torsten grabow würde alle hier ruinieren."

der klinikchef war aus seiner lethargie erwacht und blickte den kommissar milde lächend an.

„eine hübsche theorie. leider hat sie einen haken. sie haben keinerlei beweise."

„irrtum," entgegnete kieselbach trocken und deutete auf den unscheinbaren pathologen an seiner seite. „doktor zorn hat mit seinem team in der vergangenen nacht eine vollständige autopsie der leiche durchgeführt."

„und die ergebnisse waren beachtlich, herr kollege," erklärte der grauhaarige gerichtsmediziner dem renommierten guru. „im körper des verstorbenen befanden sich exakt nachweisbar ein halbes dutzend substanzen, die auf jeder dopingliste zu finden sind. amphetamine, steroide, anabolika, testosteron, alles, was das sportlerherz begehrt und alles, was verboten ist."

„gut, sie haben also beweise dafür, das torsten grabow dopte. aber das ist vor gericht noch lange kein beweis dafür, das irgendjemand aus dieser runde ihm die mittel verabreicht oder auch nur besorgt hat," konterte der klinikchef.

„sie fühlen sich relativ sicher, herr doktor meier-henneberg, weil grabow tot ist und nicht mehr reden

kann," antwortete kieselbach und allmählich begann ärger in seiner stimme mitzuschwingen. „aber andere könnten durchaus noch reden."

„andere?" fragte der klinikchef erstaunt.

„natürlich. wir werden uns noch heute morgen erlauben, mit allen spielern der ersten mannschaft eine einge-
hende dopinguntersuchung durchzuführen, vor allem aber
mit hörter. doktor zorn hat entsprechende vorbereitungen
bereits in die wege geleitet."

der angesprochene nickte stumm.

„darf ich raten, was sich dabei garantiert herausstellen
wird?" fragte der kommissar.

„wie bitte?" fragte der konsul, der immer noch nicht
ganz erfaßt hatte, was sich um ihn herum abspielte.

„alle spieler des fce, verehrter konsul, die gestern ak-
tiv waren, würden noch heute auf doping hin untersucht
werden," wiederholte der kommissar geduldig, „und zwar
mit modernsten mitteln. sollte auch nur ein einziger test
positiv ausfallen, dann bestünde natürlich erklärungsbe-
darf, herr doktor meier-henneberg; und der aufstieg wäre
morgen früh wahrscheinlich schon schnee von gestern,
herr konsul. dafür würden presse, konkurrenz und der dfb
mit vergnügen sorgen, wetten? statt bayern münchen
kommt dann in zukunft traktor königswusterhausen."

„das ist doch nicht ihr ernst?" fragte der konsul mit
hochrotem kopf.

„alles quatsch," schnauzte der klinikchef.

„wenn ja, um so besser für sie und den verein," entgegnete kieselbach gelassen. „aber ich habe hörter im
training erlebt, zweimal. der mann kroch doch nur noch
auf dem zahnfleisch, ein schatten seiner früheren leistungsfähigkeit, nach einem jahr ohne jede spielpraxis und
mehreren wochen ausschluß vom mannschaftstraining.
und gestern im spiel? er hat seine pausen gemacht, klar,
aber ansonsten keine großen anzeichen von konditions-

mangel und schwäche. im gegenteil, der mann wirkte fast topfit. wollen sie uns ernsthaft einreden, diese wundersame leistungssteigerung war ohne jede medizinische nachhilfe möglich?"

doktor meier-henneberg schwieg; frenken schaute sich die bücherwände an und hubert konzack, der masseur, versteckte seinen massigen schädel in seinen beiden pranken.

für einen augenblick herrschte schweigen im raum. dann kam der auftritt des konsuls. breitbeinig pflanzte er sich vor dem sitzenden klinikchef auf.

„ich frage sie, herr doktor meier-henneberg, hat der kommissars recht mit seinen vermutungen oder nicht?"

„es wird überall gedopt. wer meint, im spitzensport darauf verzichten zu können, ist ein absoluter traumtänzer," antwortete der sportmediziner lahm.

„das ist nur eine halbe antwort auf meine frage," fauchte der vereinschef giftig. „zum letzten mal, waren grabow und hörter gedopt, ja oder nein?"

„ich werde kein wort mehr ohne meinen anwalt sagen," erklärte doktor meier-henneberg kategorisch.

mit einer agilität, die kieselbach dem industriellen nicht mehr zugetraut hätte, packte der alte mann seinen mannschaftsarzt am maßgeschneiderten jacket und stellte ihn auf die beine.

„mein lieber freund, sie werden von jetzt an jede frage beantworten, die ihnen gestellt wird, auch ohne anwalt, ausführlich und wahrheitsgemäß. sonst haben sie in dieser klinik die längste zeit den herrgott gespielt," brüllte der unternehmer. „noch bin ich in ihrem laden der hauptgeldgeber, und ihretwegen wird 'energie' in der nächsten saison nicht in der amateurliga verschwinden, ist das klar? wenn sie mist gebaut haben, freundchen, dann sind sie dran und nicht der gesamte verein! habe ich mich klar genug ausgedrückt?"

kieselbach jubelte innerlich, besser konnte es für ihn und die untersuchung nicht laufen.

doktor meier-henneberg war bleich geworden, ewald frenken atmete tief durch und hubert konzack begann zu schwitzen.

„raus mit der sprache," forderte der konsul drohend. „oder sie dürfen sich alle drei als fristlos entlassen betrachten."

„torsten grabow war ein idiot, ein absoluter vollidiot." der erfolgstrainer brach als erster das schweigen, blickte den konsul an und schüttelte den kopf.

„es war kein mord, höchstens selbstmord auf raten. der junge konnte einfach nicht genug bekommen von diesen mitteln, nachdem er bemerkt hatte, wie das zeug bei ihm wirkte. er hat meier-henneberg und mich angebettelt um den stoff."

„dann hättet ihr idioten dem jungen nichts geben sollen," fluchte der industrielle.

„wir haben ihn ja auch trockengelegt, fast zumindest," erklärte der sportarzt, der anscheinend eingesehen hatte, das schweigen ihn nicht mehr schützen konnte, „aber das hat ihn nicht gestoppt. er hat sich die präparate einfach an anderer stelle besorgt. ohne rücksprache. der junge wollte ganz hoch hinaus, aber er hat sich jeder ärztlichen kontrolle entzogen. und das ist letztendlich schief gegangen."

„erzählen sie, was sich am donnerstag morgen auf dem trainingsgelände abgespielt hat," verlangte der kommissar.

„sie wissen, das er ...?" fragte frenken. er schien um jahre gealtert.

„natürlich wissen wir, das er auf dem trainigsplatz war," antwortete kieselbach. „ihr schützling hatte rasenpartikel an seinen schuhen und keinen waldboden."

„das ganze war eine schnapsidee," knurrte konzack plötzlich „eine saudämliche schnapsidee, von vorne bis hinten." mit hochroten kopf und wütend starrte der masseur hinaus in den sonnenüberfluteten park. „frenken und henneberg haben mich mit in die sache reingezogen."

„und wie ist die sache gelaufen?"

„scheiße ist die sache gelaufen," fluchte konzack, „direkt auf meiner pritsche, direkt unter meinen händen."

„könnten wir das etwas genauer haben?" fragte der kommissar.

der masseur nickte. „torsten war am morgen gekommen, um ein paar kilometer auszutraben und sich dann massieren zu lassen. er war kaum zehn minuten draußen, als er plötzlich wieder in der tür stand und sagte, ihm wäre übel. ich habe ihn sofort in schocklage auf eine massagebank gelegt. wahrscheinlich letzte nacht zu viel gefeiert, war meine erste vermutung, kein wunder nach dem spiel, aber dann ist er uns innerhalb von minuten einfach unter den händen weggestorben." man sah dem masseur an, das er noch jetzt mit diesem erlebnis zu kämpfen hatte.

„uns?"

„na ja, frenken und mir," fügte der riese kraftlos hinzu.

„ich war zufällig im stadion," fuhr der trainer fort, „weil ich in meinem raum ein paar videos liegen hatte, die ich mir zu hause anschauen wollte. und plötzlich kommt konzack und sagt, irgendetwas ist mit torsten nicht in ordnung. ich bin rüber und hab ihn gesehen, auf der pritsche. ich bin kein mediziner, aber irgendwie war klar, das der junge um sein leben kämpfte. fürchterlich." frenkens gesicht war aschfahl. „und wir standen dabei und konnten absolut nichts tun."

„ich hab dann sofort meier-henneberg angerufen," erklärte der masseur.

„warum nicht den notarzt?" erkundigte sich kieselbach.

„na ja, meier-henneberg ist halt der mannschaftsarzt. und außerdem war er noch auf dem trainingsgelände. da haben wir nicht groß überlegt," erklärte der trainer.

„sie waren auf dem trainingsgelände?" erkundigte sich kieselbach. „nicht in der klinik?" ausgerechnet meier-hennebergs alibi hatte er nicht überprüft. anfängerfehler.

der mediziner nickte wortlos.

„warum?"

„ich wollte mit torsten über dieses verdammte doping reden, aber der junge ließ sich nicht bekehren, mit keinem argument. für ihn zählten nur seine leistung und der erfolg; und leider hatte er erfolg."

„na prima," schnaufte der konsul, der inzwischen wieder platz genommen hatte und allmählich die gesamte tragweite der ereignisse zu erahnen begann. „und wer ist auf diese wahnsinnige idee gekommen, einen mord vorzutäuschen?"

„ich," antwortete der klinikchef jetzt ohne zögern.

„und warum?"

„warum?" fragte der arzt und hob hilflos seine beiden arme. „ich habe eine viertelstunde lang versucht, den jungen zu reanimieren, ohne erfolg, er hatte sich zu tode gedopt. aus und vorbei. er hatte sich selbst ruiniert, warum sollte er jetzt noch andere mitreißen?"

„zu ihrer information, bei grabow bestand eine akute herzbeutelentzündung," warf doktor zorn ein. „das hat die autopsie einwandfrei ergeben. in diesem stadium hatte grabow keine chance mehr."

„perikarditis?" fragte der klinikchef ungläubig.

„genau," antwortete der kleine pathologe. „und zwar in fortgeschrittenem stadium."

„das erklärt natürlich, warum ich ihm nicht mehr helfen konnte, keiner konnte ihm mehr helfen," murmelte doktor meier-henneberg und blickte seinen geldgeber an. „und sie können sich wahrscheinlich vorstellen, was los gewesen wäre, wenn man die leiche einfach so auf dem trainingsgelände gefunden hätte. torstens doping-manie wäre aufgeflogen und alles wäre in erster linie natürlich auf die verantwortlichen und damit den verein zurückgefallen."

„nicht auf den verein, sondern auf sie, herr doktor meier-henneberg," stellte der konsul klar. „sie wären beruflich erledigt gewesen, sie allein. sie haben den jungen ja schließlich kräftig genug unterstützt und angeleitet, oder?"

der mediziner blickte mit ausdruckslosem gesicht zum fenster hinaus.

„und wer hat geschossen?" fragte kieselbach.

„es war meine waffe und ich habe geschossen," sagte der sportarzt tonlos. „aber es war kein mord; torsten grabow war definitv tot." seine mitwisser nickten.

„ich kann's nicht glauben," stöhnte der konsul. „diese idioten erschießen eine leiche." fragend blickte er den kommissar an. „was bedeutet das eigentlich juristisch?"

„soweit ich mich erinnere," erklärte kieselbach in die stille, „sprechen die juristen in einem solchen fall von 'sachbeschädigung'."

„sachbeschädigung?" konsul ackermann fasste sich an die erhitzte stirn. „unglaublich."

„und anschließend haben sie zu dritt die leiche in den wald geschafft und den porsche von grabow vor der klinik geparkt?" fuhr der kommissar fort.

masseur und trainer nickten.

„was blieb uns denn jetzt noch anderes übrig?" lautete die schwache entschuldigung des erfolgstrainers.

schweigen kehrte in die runde ein. draußen im park hüpfte eine handvoll fetter amseln futtersuchend über den gepflegten rasen. auf dem plattierten weg im hintergrund befanden sich zwei rollstuhlfahrer und genossen die wärmende mittagssonne.

„und wie geht's jetzt weiter?" fragte der konsul in die stille.

„das wird ihnen in kürze die staatsanwaltschaft mitteilen, meine herren," antwortete kieselbach. „keine ahnung, was man ihnen genau zur last legen wird, aber es dürfte mit sicherheit einigen wirbel geben."

in gedanken malte er sich die schlagzeilen der nächsten tage im 'blitz-kurier' aus.

„besteht eine möglichkeit, eventuell auf die dopinguntersuchungen heute zu verzichten?" erkundigte sich der vereinsvorsitzende. was dieser medizinsche test der spieler für den verein bedeuten musste, war inzwischen jeden der anwesenden klar. die zukunft von 'energie' hing an einem seidenen faden.

kieselbach hatte mit der frage gerechnet und seine entscheidung längst getroffen. er war und blieb 'energie'-fan und außerdem war es eine kleine genugtuung für ihn, wenn attila honecker für seine revolverartikel so wenig munition wie möglich bekam.

„für den fall, das ihre drei angestellten bereit sind, ein volles geständnis abzuliefern," erklärte er und deutete auf frenken, konzack und doktor meier-henneberg, „sollte man sämtliche spieler kurzfristig mit unbekannten zielen und möglichst weit weg in urlaub schicken."

„sie werden ihre geständnisse bekommen," entgegnete der konsul kurz, bündig und diktatorisch, „mit allen einzelheiten, die nötig sind. und wenn es das letzte ist, wofür ich sorge."

von
michael klein
bei
bookmark
erschienen:

lürik vor eksperts
(schlichte gedichte)

dieses rezeptfreie anti-idiotikum
beinhaltet beliebte spielarten
heutiger dichtkunst:
westfälische grabsteinlürik,
wetterkarten-poesie,
brigitte diät-romantik
sowie
mordtorsportballaden.

billigsocken aus taiwan
(kurz- und kleingeschichten)

was passiert, wenn ein pirat beim ankern im absoluten
ankerverbot erwischt wird und wieso erhalten zwei
kleinanzeigen-dichter den nobelpreis für literatur?
wie schmecken schweinebauch ´pavarotti´ und
melonenbowle mit ganzen früchten?
warum wird ein notorischer einbrecher mit mutter theresa
verwechselt und warum benötigt das christkind vier
bodyguards? welchen sinn macht ´beamtendoping´ und
welche rolle spielen herrentoiletten in der
weltliteratur?

beirut, hin und zurück
(roman)

dr. sebastian querbach, der bis dato einwandfrei funktio-
nierende vorstandsvorsitzende eines chemiegiganten,
beginnt sich vom herrschenden steinzeitkapitalismus zu
verabschieden. dies beschert der company eine ausge-
zeichnete presse aber auch happige kosten; daher be-
schließt der restvorstand, seinen vorsitzenden auf
unkonventionelle art und weise abzuservieren.
man schickt dr.querbach mit einem fingierten auftrag
nach beirut, wo er prompt und spurlos verschwindet.
alle probleme wären damit beseitigt, tauchten nicht
plötzlich querbachs anwalt sowie ein sehr
geschäftstüchtiger entführer auf.
und so beginnen ein hyperaktiver werkschutz, ein spon-
taner profikiller und zwei sektgekühlte staatsminister
einen wirtschaftsboss zu jagen, der eigentlich schon
längst tot sein müsste, inzwischen aber ganz andere
probleme hat.

in vorbereitung:

kleine freiheit, sankt pauli
(roman)

fünf langzeitarbeitslose und ihr club, der fc sankt
pauli, auf gemeinsamer talfahrt. während die
´freibeuter der liga´ grätschend und tretend um ihre
existenz fighten, werden die sozialhilfekandidaten auf
dem arbeitsamt mit einer völlig neuen methode der
vermittlung konfrontiert. daraus entwickelt sich eine
geschichte nach dem motto: legal-illegal-scheißegal,
mit einem happy-end, das zur nachahmung nicht
empfohlen werden kann.